心仪已久的经典，永不落架的好书！

作者简介

菲菲·科尔斯通，新西兰著名作家、插画家、诗人、时装设计师、电视节目主持人。她是新西兰插画家协会主席，曾担任新西兰邮政图书奖的评委，还是惠灵顿儿童图书协会的召集人和惠灵顿 Storyline 节日委员会的成员。多年来她一直和儿童电视节目与儿童文学打交道。她的小说《珍妮·奥利弗：一个灾难》获得 CLFNZ 少年小说奖"值得关注的书"。她的第三部小说《我要荣耀》入围 2010 年 LIANZA 图书奖。

译者简介

张国琳、邓娟娟，西南交通大学外国语学院讲师。

我要荣耀

［新西兰］菲菲·科尔斯通 / 著

张国琳 邓娟娟 / 译

湖南少年儿童出版社
HUNAN JUVENILE & CHILDREN'S PUBLISHING HOUSE

序

生命需要力量、美丽与灯火

今日世界已进入网络时代，网络时代的新媒体文化——互联网、电子邮件、电视、电影、博客、播客、视频、网络游戏、数码照片等，虽然为人们获取知识提供了更多的选择和方便，但阅读却依然显得重要。时光雕刻经典，阅读塑造人生。阅读虽不能改变人生的长度，但可以拓宽人生的宽度，尤其是经典文学的阅读。

人们需要文学，如同在生存中需要新鲜的空气和清澈的甘泉。我们相信文学的力量与美丽，如同我们相信头顶的星空与心中的道德。德国当代哲学家海德格尔这样描述文学的美丽：文学是这样一种景观，它在大地与天空之间创造了崭新的诗意的世界，创造了诗意生存的生命。中国文学家鲁迅对文学的理解更为透彻，他用了一个形象的比喻：文学是国民精神前进的灯火。是的，文学正是给我们生命以力量和美丽的瑰宝，是永远照耀我们精神领空的灯火。我们为什么需要文学？根本原因就在于我们需要力量、美丽与灯火，在于人类的本真生存方

式总是要寻求诗意的栖居。

《全球儿童文学典藏书系》（以下简称《典藏书系》）正是守望我们精神生命诗意栖居的绿洲与灯火。《典藏书系》邀请了国际儿童文学界顶级专家学者，以及国际儿童读物联盟（IBBY）等组织的负责人，共同来选择、推荐、鉴别世界各地的一流儿童文学精品；同时又由国内资深翻译们，共同来翻译、鉴赏、导读世界各地的一流儿童文学力作。我们试图以有别于其他外国儿童文学译介丛书的新格局、新品质、新体例，为广大少年儿童和读者朋友提供一个走进世界儿童文学经典的全新视野。

根据新世纪全球儿童文学的发展走向与阅读趋势，《典藏书系》首先关注那些获得过国际性儿童文学大奖的作品，这包括国际安徒生奖、纽伯瑞奖、卡耐基奖等。国际大奖是一个重要的评价尺度，是界定作品质量的一种跨文化国际认同。同时，《典藏书系》也将目光对准时代性、先锋性、可读性很强的"现代经典"。当然,《典藏书系》自然也将收入那些历久弥新的传统经典。我们希望,通过国际大奖、现代经典、传统经典的有机整合,真正呈现出一个具有经典性、丰富性、包容性、时代性的全球儿童文学大格局、大视野,在充分享受包括小说、童话、诗歌、散文、幻想文学等不同体裁,博爱、成长、自然、幻想等不同艺术母题,古典主义、浪漫主义、自然主义、现实主义、现代主义和后现代主义等不同流派,英语、法语、德语、俄语、日语等不同语种译本的深度阅读体验中,寻找到契合本心的诗意栖居,实现与世界儿童文学大师们跨越时空的心灵际会,鼓舞精神生命昂立向上。在这个意义上,提供经典、解析经典、建立自己的经典体系是我们最大的愿景。

童心总是相通的,儿童文学是真正意义上的世界性文学。儿童文学的终极目标在于为人类打下良好的人性基础。文学的力量与美丽是滋润亿万少年儿童精神生命的甘露，是导引人性向善、生命向上的灯火。愿这套集中了全球儿童文学大师们的智慧和心血，集中了把最美的东西奉献给下一代的人类美好愿景的书系，带给亿万少年儿童和读者朋友阅读的乐趣、情趣与理趣，愿你们的青春和生命更加美丽，更有力量。

《全球儿童文学典藏书系》顾问委员会

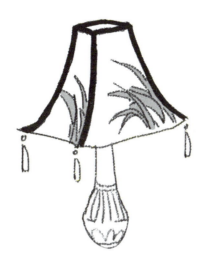

　　《我要荣耀》是一部非常优秀的成长励志类小说，这本书以主人公弗洛伦斯的视角，向我们讲述了一个关于荣誉的故事。弗洛伦斯原来是一个十分在意奖状、奖杯等各种代表荣耀的外在形式的女孩。有一次，另一个女孩艾玛获得了弗洛伦斯觉得本应属于自己的荣耀，她十分气愤，甚至对艾玛产生了报复心理，但就在弗洛伦斯的报复计划正完美实施

的过程中，艾玛突然失踪了，这一切都变得扑朔迷离。弗洛伦斯决定要去找艾玛。最后，弗洛伦斯历经千辛万苦终于找回艾玛，竟意外地成为了大家公认的英雄。通过这次事件，弗洛伦斯也懂得了：真正的荣耀并不是某些外在的物品，而是来自大家内心对你的评判，这样的荣耀谁也无法夺走，荣耀应该属于每一个善良、正直、奋斗不息的人……

第1章

在学校里热了一整天之后，最惬意的事就是穿着我的休闲裤在家里走来走去了。说真的，这不过就是条睡裤，不过我故意把它叫作"休闲裤"，这样，就算我白天也穿着它，老妈也没什么好说的啦。虽然裤子上有绒线，让它看起来毛乎乎的，不过"休闲裤"总比"睡裤"好听多了。第二大惬意的事就是躺在床上，一边跟我新交的好朋友煲电话粥，一边用脚趾去挠挠我家的猫鲍里斯。就在这时，我听到前门"砰"一声关上了。

"等一下，娜——，可能是我妈回来了。"我说，"她上个礼拜一找了份新工作，现在脾气坏得吓人。"

我手握听筒，大声喊道："嗨，老妈！"我的

语气听起来满是喜悦，充满关切，一副十三岁的女儿跟老妈打招呼的方式。

我听到有点儿气愤的哼哼声，还有手提包里的东西"哗啦啦"地倒出来的声音，然后是熟悉的纸张摩擦发出的沙沙声，这是我妈在翻看邮件。接着就是邮件一封接一封被撕开的声音。突然，这声音停了一下，我听到她的吸气声，然后就是一阵怒吼："雅各布·布莱特！"

隔壁我哥哥的房门"嘎吱"一声被打开了。"啊哦——，可能我妈看到了我哥的电话账单。"我继续跟朋友聊天，"那你觉得谁会拿到这次的最佳学生奖？"

"肯定是艾玛·哈里森呗。"娜塔莎说。

"第二名就是她表弟托马斯。"我接着说。

我们俩都叹了口气。艾玛和托马斯这两个家伙实在是太完美了。他们都有着漂亮的肤色，细长的双腿，社交生活排得满满当当，有数不清的派对

我要荣耀

要参加——除非哪天他们俩退出了公共生活或是翘辫子了。不管是哪种情况，我倒真希望发生其中一种——这样多少能给别人留点儿机会嘛。我捻起一缕头发，淡黄淡黄的，颜色跟稻草似的，发质也干得跟稻草似的。谁说金发的孩子更快乐？当然了，要是这一头金发长在哈里森姐弟头上，那的确能让他们更受欢迎。

"明天我们就会知道了。"娜塔莎说。

"是啊，"我说，"最佳学生奖，还有其他那些什么奖。"

我觉得自己挺不容易的。"弗洛伦斯"——一个按意大利城市"佛罗伦萨"取的名字。那个城市多美啊，人人都向往不已，再配上"布莱特"这个姓，瞧，想让人留下好印象的意图也太明显了。每年，从一开学，我就没消停过，希望有机会引人注目。都上了七年学了，我还从未大放异彩过，倒是一直活在那些更优秀的家伙的阴影里。

不过今年的情况可能会有所不同，因为今年，我真的真的尽全力了。不过，倒也不能完全说我一整年都那么卖力，比如说，娜塔莎就比我更卖力，但就这即将结束的一学期而言，我觉得我已经拼尽了全力，为了在学习上争取优异的表现。总算有一次机会了。

"你肯定能拿信息技术奖，弗洛！"娜说。

"不会啦，别说傻话。"我故作谦虚。

"哦，一定会的。你电脑玩得那么精，没有什么不会做的。克拉克老师不是什么事儿都让你帮她做吗？"娜塔莎继续说道，"要不是你帮她做出社会课的统计图和卫生执勤表，她就完蛋了。"

这倒是真的。不仅如此，还有件事儿娜塔莎没说，那就是我还为教员休息室做了份详表，把哪位老师喜欢喝什么茶或什么咖啡都写得清清楚楚。现在我知道奥基弗夫人，就是我们的校长，喜欢喝黑咖啡，里面加代糖。怪不得她看起来总是一副没吃

饱的样子。

"就连男生也知道你比他们还懂得多。"娜说，"你知道他们被你一个女孩子给比下去有多生气吗？"

"行啦，行啦，"我承认自己在这方面有天赋，"对，我同意，那个烂奖非我莫属！"

听筒里传来很响的轰鸣声。娜塔莎又说了些什么，不过我没听清。"你说什么？"我对着听筒喊道。

"抱歉，弗洛，我妈在吸尘。"

"六点？吸尘？"我问道。娜的妈妈碧琶有点儿洁癖，或许她想在晚饭前再收拾收拾。

"没错，刚刚我晚饭吃芦笋蛋饼时掉了些碎渣在地上，她正在收拾呢。"

娜已经吃过晚饭了？也太幸福了吧！我妈肯定得训完杰克，再从冰箱里找点儿什么解冻，才会开始做晚饭。而且我确定我们不会吃芦笋，因为我妈老说吃芦笋会让小便有怪味。

"那你希望拿什么奖，娜？"

电话那头安静了一会儿，然后传来一个小到听不见的声音，"嗯，我希望能拿社区服务奖。"娜说。有道理。娜在学校真的做得很棒。她早上上课前把那些新生领到各自的老师那里，放学后又把他们送回各自的妈妈手中。她还在课外辅导班的工艺美术课上帮忙。敬老日那天，森尼维尔之家的老奶奶们来学校参观，我们只会唱歌给她们听，而她会扶老奶奶过马路。她还帮生病的刺猬过马路，后来刺猬死了，她哭得可伤心了。给小动物们举行国葬可是娜塔莎的专长。

"是啊，我在想，"我有些心不在焉地说道，"除了你，这个奖还能颁给谁？"

我朝鲍里斯晃了晃脚指头，它转过身望着我。它好可爱，灰色的耳朵毛燥燥的，身上是为了抢地盘打架时留下的秃斑。我朝它怜爱地笑了笑。电话

那头，娜塔莎还在念叨着不知谁会获得顶级优秀证书。哈，要是鲍里斯也能拿奖，我要颁给它……

"哎哟！小坏蛋！"一对儿脏兮兮的尖牙咬进我的脚里，我忍不住大叫一声。我一手抓着听筒，一手拎起臭猫。就在这时，响起了重重的敲门声。

杰克从门后探进一只脑袋，"老妈找你。"他一脸坏笑，我觉得他笑得特邪恶。可能是网络游戏费的事儿，我想。

"哦哦——哦，娜，我得挂了，明天见——如果我还活着的话。"

第2章

"坐过去点儿，好不好？"我一边说，一边用手肘将瘦小的蒂姆·马洛尼推开。会场安排七年级和八年级的学生坐在一起，每排二十人，都挤在发亮的木头长椅上，汗水直流，动也不能动。两百四十三个满身大汗的人将整个学校礼堂塞得满满当当的，就等颁奖典礼开始了。所有的窗户都打开了，但灌进来的仅有闷热的西北风，就像是把吹风机开到了最大挡一样。

"你准备好了吗？"坐我一旁的娜塔莎靠过来问我。

"这样说吧……"我想了一下，"为了这张证书，我已经在冰箱上腾出个地方了！"我们都咯咯咯地笑了起来，用膝盖彼此碰了碰。我发现她的

膝盖又黄又小，而我的又短又粗不说，还长满了雀斑。

　　娜的脸上也挂着一丝期待的微笑，一对儿眼睛鼓得跟两只灯泡似的。她那又黑又亮的长发扎成了简洁的马尾辫，而我却胡乱扎成了一堆。她是怎么做到的呢？都是用一把梳子，我却总是梳不好。她朝家长们那边望了一眼，对她老妈点了点头。她妈妈碧琶也朝她微微地挥了挥手，耸了耸肩，笑了一笑。她有着天下所有母亲都有的那种自豪感——总算等到了娜塔莎获得回报的一天。

　　我妈那天没有来。她说她太忙了，没空。她觉得颁奖典礼很浪费时间，何况我看起来没希望得什么奖。

　　"弗洛伦斯·布莱特，像我们这样的人是获不了奖的。"我妈一定会单手叉腰，摇着手指对我说。"我们不过是普通人而已，没什么出息的。"这话说得就像是布莱特的卸任宣言一样。

"你妈妈怎么不来呢？"娜塔莎说。

"她不来，为了我哥杰克的事，她得去见个人。"我撒了个谎。

"噢，是这样子啊……那个捣蛋鬼……"娜意识到她随口说了杰克的坏话，觉得很尴尬。杰克才十五岁，很令人讨厌。他诡计多端，惹出的麻烦就像是沾在身上的狗屎一样，怎么抖都抖不完。所以，我觉得娜没有理由不信我。我不想她因为我妈不能出席这个对我而言这么重要的典礼而觉得难过。我也并非不介意我妈没有来。我知道，等我拿到盖有印章的证书和礼券回到家时，我就能风光一把了。布莱特一家的黯淡无光定会到此为止，我终于为这个家争光了。

我的肚子咕噜咕噜地大声响了起来。

"弗洛！"娜对我嘘了一声，提醒我这类身体反应会破坏典礼的气氛。

"别担心，我想是我早上吃的那些羊肉馅饼在

作怪，它们可是我从杰克那里抢来的呢。"

　　娜朝我做了个鬼脸。奥马鲁这个地方总能买到各式各样的羊肉馅饼，不过味道可比不上我爸爸还是小孩子的那个时候了。那时候的羊肉馅饼，外面都留有一个洞，这样你可以先把里面的汁水吸掉。哈！在克赖斯特彻奇，可别指望能吃到这些。现在我爸爸住在那里，就只有拿铁、铁板三明治以及新娶的太太与他相伴左右啰。

　　"你确定不是神经紧张造成的？"她问。

　　"我？一点儿也不！瞧瞧，我可是稳得跟个树懒一样。"我伸出一只手给她看，但我的手却在抖，手心闪着汗光。我非常紧张，觉得自己就像是影片《神奇绿巨人》中那个快要撕掉自己衣服的绿巨人一样。其实我心中按捺不住地喜悦，毕竟，在信息技术方面我的确取得了骄人的成绩。所有的人都会嫉妒我的！这时，就连我脖子上的汗毛都紧张得竖了起来。

从麦克风里传来了响亮的声音，我们都抬起了头。校长要开始讲话了。一个五岁的孩子哭了起来，助理教师不得不去把他带走。他之前坐过的木地板上一片湿漉漉的，在穿透窗户照射进来的阳光下闪闪发光。奥基弗夫人轻轻地拍了拍话筒。

"同学们，各位家长们，全体职员们，你们好！欢迎大家参加洛西蒂师范学校的年度颁奖典礼……"

按照惯例，校长首先炫耀了一番，表达了对学校的自豪。当她开始念一等奖获得者的姓名和奖项时，我就变得坐立不安了。每次遇到这种场合，我总是这样子。

"……最佳自由泳成绩获得者是塞缪尔·哈丁。"塞缪尔一走上台，下面就响起了热烈的掌声。

"他每天早上五点就起床去泳队训练。"娜塔莎说。

"这种事儿要我妈同意，那简直是做梦。"我说，"她肯定会说，'走开！你要是以为我会大清早的穿城而过送你去游泳，那你就大错特错了！'接着她就会跟我唠叨游泳费有多贵。"

娜拿胳膊轻轻地碰了碰我，朝走廊点了点头。教我们的克拉克老师，此时正看着我。我赶紧闭上了嘴。

奥基弗夫人继续费力地念出更多获奖者姓名。

"音乐奖的得主是卡洛琳·梅森。"这倒是合情合理。梅森家的孩子两岁就开始学拉小提琴，从那时候起他们就知道，琴弓可不是拿来在彼此头上乱敲着玩儿的。

"你看到他们每周六在信息中心外面的表演了吗？"我悄悄地对娜说，"是为音乐夏令营筹款吧？我要是在旁边吹竖笛的话，没准儿他们会把我赶走，肯定会怪我的音乐把游客们给逼走了。"

"弗洛伦斯·布莱特！"克拉克老师对我嘘了

一声，"难道你就不能管好自己的嘴？"

我摆出一副抱歉的表情。她瞪了我一眼。

接下来是数学奖和科学奖。这些奖似乎总是被那些亚裔孩子领走。他们的父母不是医生就是教师。贾米拉包揽了三项获奖证书，还拿走了奥马鲁天文观测科学奖奖学金。再有几个奖就该轮到念我的名字了。

"今年，我们的康宁汉奖要颁给……"我和娜紧张地彼此对望了一眼。这个奖是老师们颁给那些天资愚笨但很会拍老师马屁的孩子的。家长们还以为这个奖很贴心，专门用来肯定那些后天努力的孩子。我们私下里都叫它"狡猾虚伪卑鄙笨蛋奖"。

"社交绝缘体出炉了。"我宣布道。这时一个倍感丢脸的学生走上台领走了那个人人都避之不及的烂奖。她的暑假算是彻底毁了。

我的眼睛扫向克拉克老师。她将一根手指压在嘴唇上，对我蹙了蹙眉。

我要荣耀

奥基弗夫人一边用获奖名单给自己扇风降温，一边抓起旁边桌上的水杯猛灌了几口。我也跟着咽了口唾沫。我的喉咙都快冒烟儿了，舌头都快长毛了。她清了清嗓子，准备念下一批获奖名单。

"现在我们来看看信息技术领域方面的奖项。这个领域对同学们来说，既刺激又充满挑战。正如很多家长所知，其实孩子们比我们大多数成年人能干多了。想想我们，说不定只会摆弄摆弄影碟机而已。"台下传来家长们同意的笑声。

"今年，很多同学都在这个领域展示出非同寻常的天分和技能。所以，要决定谁拿这个奖真是很不容易……"

我装出一副无所谓的样子，心却怦怦直跳。我已经在想象听到我名字的瞬间如何深吸一口气，然后双手捂脸故作惊喜状。"我从来没有想到——"到时我会这么说，然后旁边的人开始欢呼，拍拍我的后背以示祝贺。"弗洛真棒！"他们会高兴地喊道，因为他们知道我得这个奖是实至名归，再公平不过了。

"……不过最后，还是有一位同学脱颖而出，在这个领域取得了让人瞩目的进步。"兴奋的期待，加上没消化好的羊肉，我的肚子又发出咕噜咕噜的怪叫。

"技术学科要求高，难度大，但她总能克服难关，表现得成熟稳重，乐于助人，幽默风趣。"想到老师们会那样评价我，我骄傲得飘飘然起来。真没想到我给他们的印象有这么好。说真的，他们对我真是太好了！"为此……八年级的信息技术奖……"

我的脑子这时"嗡嗡"作响，就准备着向大家起立示意了，娜兴奋得紧紧地抓住我的胳膊。就该这样！最终的胜利属于我！我抬头向颁奖台上的奥基弗夫人望去，露出我最灿烂的笑容。

"……获奖者是……""是我，是我，快点，

我已经准备好了。"我想着，身体逐渐朝前倾去，屁股都快从板凳上抬起来了。

"艾玛·哈里森！"掌声如雷鸣般在我耳旁响起。我已经读到八年级了。八年来，每到这个时候，嘈杂的麦克风里都会传出洪亮的声音，宣布获奖者的名字。只可惜，这次依然不是我。我一屁股跌坐在凳子上，咧着嘴傻傻地笑着，失望得脸都变形了。眼看着那位完美女孩上台领她的第四个奖项，我极不情愿地为她疯狂地鼓起掌来。这是什么颁奖典礼吗？还不如叫作个人领奖典礼！我想要放声大哭一场，却不敢扭头看娜塔莎，害怕她那满含同情的眼神会使我泪流满面。只要我那样做，事情就一定会变成那样。只要我扭过头，我一定会控制不住的。我肯定会鼻涕口水糊一脸，眼睛红肿，搞得就像是突然患上了过敏性鼻炎。

他们一个个地走上领奖台和奥基弗夫人握手，然后领走一张张长方形的获奖证书，证书上那弯弯曲曲的斜体签名将永久见证着他们的成就。这半小时里，我就这么坐着，双眼死死地盯着前方，脸上带着僵硬的笑容，我耳朵里听到的声音都在述说着我的失败。我感觉肠子扭作一团，还得拼命压住肚子里的怪响。我好想吐啊！等到这个令人感到羞辱的典礼结束时，我已满身是汗，绝望透顶。

"我要去趟洗手间！"我对娜塔莎吼了一声，想尽快离开这个地方。这真不是件容易的事——当我努力要从这一群群的学生中挤出去的时候，爸爸妈妈们都围了过来，聚在他们孩子身边，时而放声大笑，时而又轻轻地呼唤着他们的心肝宝贝。他们的孩子有的是体育明星，有的是音乐天才，有的智力超群。

艾玛的妈妈拿着那堆证书左看右看，她的爸爸用领带的尾端擦拭着"最佳学生奖"奖杯。我从他们身旁挤了过去，哈里森夫人面露不悦。"不好意思！你能不能有点儿礼貌呢？"她边说边伸出手臂

去搂住艾玛保护她，好像只要轻轻地碰一下，她那宝贝女儿就会碎掉一样。我气愤得继续往前挤去。等我挤到女士洗手间的时候，前面已经排了二十个人了。我就站在那里等了好一阵子，感觉浑身都不自在，不安地走来走去。这时珍妮认出了我，她写的一本关于咖喱烤饼的书让她荣获了"最富创意性经营奖"。

"弗洛！我还以为你会拿到信息技术奖呢！这到底是怎么回事？"

我哪知道怎么回事。我又没长着一双透视眼，能看穿评委老师们脑子里在想什么——假设他们有脑子的话。但是今天的事情证明我没有这种能力。

"噢！算了吧！这是明摆着的，我不是热门人选。"我答道，尽可能地摆出一副沉着镇定、若无其事的样子。

"才不是呢，你当之无愧！在电脑方面，就数你最厉害！"她坚持说道。如果她再说几句，我会立马崩溃的。

"我得走了。"我说道，趁她还没注意到我的声音在颤抖的时候，我转身溜掉了。

突然间，我已经不急于去洗手间解决肚子问题了，只想找个地儿躲起来。于是，我拼命地往前奔，力图找到一个僻静的角落——那里没人对我嘘寒问暖、大发怜悯同情之心。一拐弯儿，我发现自己已经跑到了教室里，里面一个人也没有。我走到自己的课桌旁，坐下来，掀开课桌盖。

桌子里面很乱，简直就是我这一学年学习情况的缩影，用一个词来说就是：一塌糊涂。我在里面乱翻一通，搜出了几个苹果核。我用力一拽，拽出了几本从图书馆借来的逾期未还的书，还有借来的运动短裤，还有边角起了皱褶的笔记本活页，神奇的是，还找到了我的文具盒，它已经消失整整一个学期了。我全神贯注地整理着东西，脑海里不断地翻涌着"颁奖典礼"那场噩梦，连克拉克老师什么

时候站在门口的，我都没有注意到。

"嗨！弗洛伦斯……"她叫了我一声，我吓了一跳，头猛地撞在了木桌盖上。

"哎哟！"我大叫一声，揉了揉撞到的地方。真的很痛，我的泪珠子像决了堤的洪水一样涌了出来，顺着鼻子直往下掉。我坐在那儿抽泣，克拉克老师走了过来，把手放在我的肩膀上，轻轻地拍了拍，又捏了捏我的胳膊。

"我看到你跑开了，看上去有点难过。我猜你肯定是在想为什么你没有获得那个信息技术奖。"她用一种辅导员说话的口气对我说道。

"怎么会？"我呜咽着说，"我的意思是，我

在电脑技术的所有项目上都是最高分，我为什么还需要一张纸来证明我的能力？"

克拉克老师叹了口气，伸手将我额头一缕零散的头发捋到耳后。我心里咯噔一下，感觉怪别扭的。我就喜欢让这缕头发贴在鼻子上。

"瞧你的样子，我就知道你可能会有点儿失望，只是其他的老师觉得该将这个奖颁给艾玛。你知道……你是知道的，你很优秀，但在信息技术方面，艾玛需要些鼓励。这一学年开始时，她真的很害怕学电脑。"

噢，是的，说得真是冠冕堂皇：她必须各方面都表现得百分百完美，才能拿下"最佳学生奖"，否则就只能屈居亚军了。看起来，我还表现得不够支持与理解。我把桌盖再次掀开，要拿走我剩下的东西。我不能说什么，因为咒骂老师是会被人厌恶的。所以，我只能紧紧地抓住桌盖，努力使自己平静下来。克拉克夫人突然在课桌里那堆杂物中发现

了一张光碟。

"哦……对了，那不是学校的Photoshop（图像处理软件）光碟吗？"正说着，她就伸手去拿。

也许是我太紧张了，也许是我的手沾满汗水后，太滑了，也许是吃了羊肉馅饼后肚子痛的缘故，不知怎么的，桌盖掉了下来，重重地，不偏不倚地砸在了克拉克老师的手指上。"对不起！"我的声音比克拉克老师的尖叫声还要大。我把桌盖抬起来，仔细地查看她的手指有没有受伤，她的手指肯定被压伤了。"噢，真见鬼，要去拿布来包扎一下才行，"我想起了在卫生课里学到的急救知识，"等我一下，马上就来！"我冲出教室。背后传来克拉克老师痛苦的大叫声，我竟然又一次让桌盖掉了下来，在我放手之前，真该让她挪到安全的地方才对。哎呀！

我又急匆匆地向洗手间奔去，真希望这个时候那里没人排队。幸好有两个隔间是空着的，我迅速

地窜了进去，把卫生纸扯了出来。这种纸是学校统一提供的标准配置，比晒伤后脱落的皮肤还要薄，拿手一搓，就成了碎片。想要让它派上用场，得扯上半卷左右才行。对于这是否能做成包扎用的绷带，我心里完全没底。我站在那儿，手里握着一把被撕成细条状的卫生纸，思考着接下来要做什么。这时，我听见有一个门紧闭着的隔间里有动静。这声音听起来挺熟悉。

里面传来了轰轰轰的冲水声和哗哗哗的水箱蓄水声。"是你在里面吗，娜塔莎？"我提高声音问道。我从门下的缝隙处把一只脚伸了进去，摇了摇脚指头。我这又脏又旧的鞋立马就被娜塔莎那双白得一尘不染的人字拖给推了出来。

"娜，快开门！"门轻轻地响了一下，打开了。娜塔莎就像是在里面被关了禁闭一样，直挺挺地站着，抱着双臂，表情严肃，眉头紧皱得简直就像我奶奶似的。她的脸上像是两条网状河流到了一起，看起来异常愤怒。

"你这张脸该注射肉毒杆菌了！"我调侃道。

娜塔莎依然站在那里，满脸严肃，双手抱在胸前。通常情况下，我这句话准会让她捧腹大笑的。看她无动于衷的样子，一定是有不顺心的事。

"你怎么了，娜？"

"你去哪里了？"她厉声质问我。

"噢，我先去了趟洗手间，之后又去了教室，课桌盖把克拉克老师的手指压伤了，再后来——"我看着我的朋友，"娜，你还好吗？"

她摇摇头，双手抱得更紧了，瘦小的她僵硬得像枚回形针一样。一颗泪珠冷不丁地滚了出来，顺着脸颊直往下落。她低下头，抽泣起来。

"嗯……嗯……我觉得……我觉得今年，我总算……"她立在那儿，哽咽地说。

"总算什么？"

"我以为我总算有希望获得社区奖了。为此，

我甚至连获奖感言都想好了。这一年来，我干得很卖力，每一件事情都干得很出色。可没有一个人，也没有一个老师在乎过我。艾玛又把这个奖项给拿走了，那些亮闪闪的奖杯她还嫌拿得不够多吗？太不公平了！"

娜一股脑儿发泄了出来，我感觉挺难受。我一直认为她并不太在乎得奖这个事儿。所以当我陷入极度的沮丧中时，倒是忽略了娜的感受。她总是在为我们欢呼，为我们即将取得的胜利欢欣雀跃，但她自己各方面的表现却是马马虎虎，犹如一盏六十瓦的灯泡一样，不管她多么努力，也没有人去关注她，在八年级这座灯塔面前，她只能黯然失色。学校就像是片大海，娜在海里竭尽全力地向前游，海里既有密密麻麻的小鱼，也有体形巨大的鲨鱼，稍有懈怠，就会有被吃掉的危险。我的自由泳虽然获不了什么奖，但是我还能把头一直露在水面上，目前看来，我最好的朋友倒是急需我的帮助。

"娜，你根本不必为此苦恼。这一点儿都不值得。"我试图安慰她。娜还在抽泣。我又试着劝了劝她。"面对现实吧，我们就不是会得奖的那类人！"

娜张开双臂，沮丧地挥舞着拳头。

"但是，我们应该能得！我这么努力，弗洛。我既不作弊，也不撒谎。我妈要我做的每一件事，我几乎都做到了。甚至在芭蕾训练中，我也是这样。我的屈膝姿势不是最棒的，但我还是努力做到了。但在年度汇演里，我被选中扮演过任何角色吗？更别提像艾玛那样担任领舞了。"

娜塔莎喋喋不休地唠叨着，说起话来畏畏缩缩的。我之前一门心思想着颁奖的事，倒把年度汇演忘得干干净净了。

我可得好好替她想想，这是她喜欢的事情，不是我喜欢的。她确实每周两次放学后都要去练芭蕾。我去看过娜塔莎在芭蕾舞音乐会上的表演，我

是去给她加油的，至于那些裹着紧身衣跳来跳去的
芭蕾舞演员，我可不是她们的舞迷。演出中，所有
精彩动人的环节都只有一个舞者（打扮得就像一颗
长着两条腿的豆子）在表演，真是无聊透顶。也许
有几个不同的女孩子，谁看得出来？她们看起来一
模一样，个个头发梳得紧密，向后盘成小圆髻，满
面笑容。我向你保证，如果把她们的小圆髻解开，
让备受折磨的头发散开来，她们的脸部肌肉也会跟
着坍塌下来，松松垮垮地随风摆动，不禁让人想起
了手纸广告上的日本犬——就是身上皮肤多得起褶
子的那种狗。

"嗯？有过吗？"

"什么有过吗？"

"弗洛伦斯·布莱特，你到底在听我说话没
有？"她冲我大声嚷道，然后就生气地冲出了女士
洗手间。我的天啊！我让她更加难受了。我扭开
门，跑到走廊里。

“等等我！”她从我身边迈着大步走了，我在后面喊道。

娜塔莎放慢了脚步。我一个箭步冲上去，抓住她的胳膊。她转过头来看着我，泛红的双眼里噙着泪水，双手来回猛擦着鼻涕。她站在那儿，下嘴唇颤抖着，嘴巴噘得老高。

“她到底要演什么呢？”

娜塔莎叹了口气，“我们正在排练《天鹅湖》中的一个选段，艾玛演奥德特。”

“奥德特是谁？”

“就是剧中的黑天鹅！”娜塔莎回答。

“这没什么了不起的，对吧？”我问道。我这个朋友的眼睛瞪得大大的，没想到我对芭蕾舞如此孤陋寡闻。

“奥德特是一位被施了魔法的公主。她白天是天鹅，晚上却会变回人形，一位王子爱上了她。一群天鹅成天围绕在她身旁服侍她，但结局很凄惨，

她和王子最后都淹死了。"

"嗯，如果她真的死了，那就好了，对不对？"尽管艾玛人不坏，但我觉得这是最适合她的结局。真是皆大欢喜。

"弗洛，你根本没有明白我的意思，是不是？"

我摇摇头，确实没有搞清楚。

"记得我每年都会练习奥德特这个角色。我读过每一位出演过这个角色的芭蕾舞演员的传记。我的床头上还放有一个穿着芭蕾舞短裙的天鹅毛绒玩具。"我知道这些。我觉得，在这群马驹毛绒公仔中，这个玩具显得真有点儿另类。"为了能得到这个角色，我愿意做任何事情！"

我看着她，问："任何事情？"

"嗯，几乎所有。可我连个天鹅侍女都不是，这里有十二只这样的天鹅。弗洛，我的角色是演半个拱门，这真让人觉得难堪。我要做的就是穿

032

一身灰色弹力紧身衣，站在那里，一动不动。问题是……"娜塔莎停顿了一下，想从脑子里挤出一个更好的词来，却没有找着，"问题是，我就是不够好。"

她垂着肩，耷拉着头，一副认输的模样。看到她如此沮丧灰心，我好想过去抱抱她，让她振作一点儿。但是娜塔莎不习惯与人有亲密的接触，而且，对我而言，拥抱除了我老妈以外的任何人都觉得有点儿怪怪的，就算是老妈，我有时候也不太适应。因此，我们就这样一声不响地站着，气氛尴尬得让人觉得浑身不自在。我们如此努力，却没人放在眼里，这不公平。

为什么艾玛不仅拿下了所有的奖，还担当了所有的主角？难道她们就不能把机会也分点儿给别的孩子，让娜塔莎尽情地跳上一回芭蕾，也让我向老妈证明一次我的聪明才智吗？

突然，我想到了一个解决问题的好办法。这很

我要荣耀

简单。"干掉她。"我说道。

"什么？"

"让我们去干掉艾玛·哈里森。"

娜塔莎看着我，就好像我身上穿了一件印有"屠杀卡氏野马"图案的T恤衫一样。

"你疯了吗？"她小心翼翼地问，身子往后退了退。

我叹了叹气。有时候她就是搞不懂我在说什么。"我的意思不是说要把她剁成碎块，丢到垃圾桶里，再塞满石头，扔到河里，你知道河道那里有个拐弯的地方，很滑，没人会去的，然后我们就……"

我发现自己已经跑题了。娜塔莎一直站在门口，随时准备跑掉。

"不，我的意思是，我们要夺走她的一切机会，给我们这些人让出些位置来。她家的壁炉台上摆满了各式各样的奖杯和奖章，都有安全隐患了，那些东西就等着掉下来砸死某个路过的家伙了。我们可得帮帮她。"我半开玩笑地说。

娜塔莎惊奇地看着我，我几乎都能嗅出她反对的味道。娜塔莎是一个对自己要求严格的好女孩儿，她的道德准则和修道院的那套如出一辙。在她面前，我犹如一只生活在下水道的老鼠。不过我相信，所有的啮齿类动物都有自己活着的一套方式，即使它们名声不好。或许我本该到此为止，去拍拍娜塔莎的背，让她也知道命运总是偏爱淡泊名利的人，然后带她到帕特尔先生乳品店去买一些巧克力来安慰安慰她。但是，不行，我已经想好了，不管娜塔莎同意还是不同意，我都要把这个计划进行到底。

"好吧，好吧，"我说道，"是我又在说傻话了。"娜满脸狐疑。为了表明自己是诚心的，我摊开手掌。于是，她信以为真。

"就在那里坐了一会儿，我就焦虑极了，"她

说道，神情轻松了下来，"快走，我真是烦透这个地方了。"

从娜塔莎的嘴里说出这样的话来，可真够绝的——这个女孩儿可是热爱学校以及学校的所有规定。我莞尔一笑，娜塔莎会如愿以偿的，但她永远不会知道这其中的缘由。这是我自己的目标和计划。我会证明这些评判我们能力的评委们有多蠢，同时也为失败者出口恶气。

我心里燃烧着兴奋和打抱不平的激情。我这个朋友没什么过人之处，但相当可爱。娜抓住我的胳膊，穿过一道道大门，硬拉着我要去享受一番夏日的阳光。第二天早晨，当我在清理裤兜里的手纸时，才想起了克拉克老师的手指。明天就是这学期的最后一天了。

第3章

我好激动。噢，真是太棒了！这学期只剩最后半天时间了，就算在学校里给老师跑跑腿也没有关系啦。

"弗洛伦斯，你能把这些海报从墙上撕下来吗？"克拉克老师一边说，一边有气无力地用包扎着绷带的手指挥着。

"弗洛伦斯，你能不能把这些椅子摆放整齐？"她小心翼翼地举着那只受伤的手。

"弗洛伦斯，把这十二张桌子搬到琼斯先生的教室里去。"

直到放学，克拉克老师才肯放我一马，此时我已经是汗流浃背、灰头垢面。而我依然兴奋不已。

等着瞧吧，我，弗洛伦斯·布莱特，将会是改变这种制度的那个人。从今往后，不会再有人受到不公正的待遇了。我所做的这一切，都是为了所有那些不得不在学校音乐会上演一棵树的孩子们，为了所有在贝琳达·史密斯芭蕾舞学院里身着灰色莱卡连身衣、毫无怨言地饰演拱门的朋友们，为了所有曾抱有一丝丝获奖的希望却以失败告终的同学们。

"凡拥有的，还要给他更多。"每当看到电视上播出全国富豪榜时，我爷爷都会这样说。我奶奶则会对此嗤之以鼻，然后在给他的茶水加糖的时候，顺路倒上些盐巴。但我有一套扭转这种局势的办法——从智力超群的优等生身上劫取些东西来接济那些还不被认可的可怜人。这多少有点儿像个现代版的侠盗罗宾汉，而我哥哥可以帮助我，就像那个小约翰。

一回到家，我就待在一个地方等杰克回来，

只要他一撞门，准会朝这儿冲过来。这个地方就是冰箱。我站在冰箱前面，我们家那只烦人的灰猫在我脚边转来转去，乞求我拿食物给它吃，可这招没用。"鲍里斯，别叫了。半个钟头前你才吃饱。"

和布莱特家族里的每一个成员一样，它也显得有那么一丁点儿笨，连吃没吃饭都不记得了。它肚子里的肉冻显然还没消化掉，但它还是可怜巴巴地喵喵直叫。

杰克一摇一摆地从后门进来，上下打量着我，他把背包甩在地上，这准会把老妈绊倒的。然后，他把他的小帽扔到桌子上。可惜他没扔准，扔到了鲍里斯的水碗里，头发和头屑把水都搞浑了。他用手理了理那乱糟糟的暗棕色头发，想要弄得很有型。由于他这个新发型是三个月前用二号理发剪弄好的，所以，要弄得很有型，还得花上好长一段时间呢。目前看来，他的头发更像是一把浸泡在冷茶

水里的马桶刷。

他伸手想把冰箱门拉开，但我像块磁铁一样贴在冰箱上，我的肋骨刚好挡住了门把手。

"让开，纸板儿。"他咆哮道，他和他的朋友们总是用这个称呼嘲弄我。这个绰号是和杰克一样喜欢玩易燃物品的同伙肖恩·奥利弗根据我的胸部给我取的——我的胸很平，就像一张硬纸板。出于同样的理由，肖恩给他姐姐珍妮取了个绰号叫"木棍儿"。我尽量把这个绰号当成好话听。不过这太难了。

他推推我。"我要吃东西。"

我坚决不让步。虽然挡在一个十五岁男孩和一块奶酪之间是一件危险的事情，但我还是想冒险试试。"不让。"我说道，"除非你能帮我做些事情。"

他嘟哝着用肩膀将我撞到一旁。我一个踉跄，一把拽住了他的T恤衫，扯住不放。闻起来真臭啊，但是为了不让他站稳，我还是紧紧地抓着。

"你到底——？"杰克说道，看到我如此不依不饶地挡在中间，他感到有点儿惊讶，"快放手，你这个笨蛋。"

"就是不让，"我重复了一次，依然死死地拽住他那件臭烘烘的T恤衫，"你得帮我做些事情才行，你欠我的！"

杰克扭扎着身子，可我就像是农展会上粘在焦糖苹果上的拔丝一样，死死地粘着他不放。他使劲儿地拉我的胳膊，可我坚决不松手。鲍里斯也参与到这场打斗中，它咬了杰克的脚踝一口，虽说是闹着玩儿的，但可能要命。你永远搞不清楚它那尖尖的小黄牙上到底有什么东西。只要咬你一口，就可能让你患上败血症。

同时受到我和猫的牵制，杰克只好放弃，自从

抢夺冰箱大战开始，他现在终于肯正视我一眼了。看得出来，他心里正在盘算着什么事情；也许在盘算要吃到美味的切达干酪到底要付出多惨重的代价。他抱着双臂，往后靠了靠。杰克真的长高了，当阳光穿过厨房窗户的玻璃照在他身上时，映出好大一个人影。我仿佛就像是站在曼哈顿的一座摩天大厦下一样。

"欠你什么？"

"我要告诉老妈，你玩网络游戏并且成了会员，你知道，家里的电话费就是因为这个才猛涨的。"

"那个账号是你的！"

"不，才不是我的呢……噢……那我就告诉她你订阅了《玩火高手》。"

杰克的脸色变得苍白。在老妈看来，任何跟炸药有关的东西都是万万不能碰的，哥哥知道，一旦老妈发现他上网只是为了研究炸药配方的话，他的麻烦就大了。《玩火高手》系列最畅销的一本就是《玩火爱好者"烹饪"指南》，里面提供了很多的点子，让你的生活玩得更带劲，不过这些点子没哪个跟吃的有一点儿关系。

我松了松手。"我要你帮我去和一个人拉拢关系。"

杰克皱着眉头，"和谁？"

"一个女孩儿。"

他的眉毛扬了起来，两撇弯弯的深棕色眉毛下，一双绿色的眼睛充满了疑问。

"确切地说，就是艾玛·哈里森。"

杰克剧烈地咳了起来，两根眉毛交蹙在一起，简直就快立起来了，满脸咳得通红。

他捶着胸口，肺都快气炸了，随即又喘起粗气来。

我要荣耀

　　"你在开玩笑，是不是？"

　　"不是。"我一面回答，一面迅速地抱起鲍里斯，稍稍地往后退了退。

　　"那个臭丫头！你知道她在校园开放日那天对我说了什么吗？"

　　我想起来了。几个星期以前，我们学校举办了一次校园开放日活动。这是为打算来这里上学的学生和他们的父母举办的，让他们了解一下我们学校，然后决定是否要送他们家的宝贝来我们当地的中学读书。

　　"你知道，校长提前好几天就开始大张旗鼓地准备了起来，她让我们把粘在椅子上的口香糖刮掉，把垃圾捡起来，把文娱活动室外一处庭院水景里的可乐罐子都捞起来。"

　　"是的，那样看上去棒极了。"

　　"然后，他们告诉学校里那些哥特族、小混混

044

以及古惑仔，在'校园开放日'这天，他们可以享受一天假期。"

我记得很清楚。为了放松一下，他们戴上所有的体环，穿上摇滚T恤，拿着涂鸦工具跑到镇上去东游西逛、打打闹闹、写写画画，潇洒快乐了一整天。"这个学校真棒，不是吗？"当我们开八年级家长会时，老妈就这样称赞过，"学生们都好乖——又懂礼貌，穿得也规规矩矩的。我很高兴杰克能到这儿来上学。真是个让人自豪的地方。"

杰克继续讲他的经历。"对了，那天我好像是在化学实验室吧，那个完美小姐和她妈妈一块儿走了进来。"杰克开始在厨房里来回走动，模仿那个双腿修长的女孩撩动头发的样子。"我正在演示镁的燃烧性能，她转头看着她妈妈，说道……"杰克单手叉腰，"'真奇怪，他们居然会让杰克·布莱特进到这里来。他还在消防站上一门安全课呢，专

门针对他们这种危险少年的。'"

我憋着没笑出来。他的样子看起来相当搞笑，简直像极了艾玛·哈里森——十三岁的她一头金色长发，瀑布般披在肩上，笑起来像少女女神一般。她的脸上找不到一颗青春痘，只有亮白的牙齿、小麦色的健康肌肤以及B罩杯的胸围。想到能搂住她的小蛮腰，闻着她头发上的阵阵护发素的香气，镇上没有一个小伙子不神魂颠倒。也许她点点头，就能让杰克的胸中燃起熊熊火焰，哪里还用得着什么煤气灯。

"然后……"杰克继续说道，"她就走开了，跟比利·维金森说他的化学实验做得很棒。当时比利紧紧地捏着一根试管，由于太过用力，管子被捏碎在手里，但他还是没回过神来……直到我把钳子朝他扔去……"他停顿了一下，"……后来，我因为破坏公物惹来了麻烦，被留了下来。哼，搞定她还不是小事一桩。那个臭女生。"

他完全有理由讨厌那个女孩子，这正合我意。这对我的计划来说太重要了。杰克一脚把我的腿踢开，打开了冰箱，我只好另施一计。"但是你和你的朋友肖恩的确是在消防站上课嘛。她说的是事实啊，杰克。"

要想完成我的计划，我必须得这么煽风点火。他果然中计了。破口大骂我多管闲事，说我是笨蛋优等生（这听起来有点儿自相矛盾，我知道），还威胁说要烧掉我的CD盒。

"要是你敢那样做，我就告诉老妈。"

我们都知道告诉老妈的后果。她肯定会立刻给消防安全课的负责人打电话，向他表达她的担忧。这一切将会让杰克这门课推后一到三周结业。他安静了下来，想了想。"既然你知道我有多恨那个女孩儿，为什么你还让我去跟她搞好关系？"

　　"嗯，你看……是这样的……"

　　在我向杰克解释了他在我计划中充当一个什么样的角色以后，他想知道，如果他选择接受任务，他接下来要做什么。我读过很多侦探小说，我发现，永远不要告诉你的间谍他们这样做的确切原因以及可能的后果，这样，即便他们被抓住了，他们也不会爆出其中的内情。让幕后黑手保持匿名是必要的，但是他要完全掌控计划实施的每一步。如果间谍在严刑拷问中招供了，整个计划就将陷入危险之中，被爆料的信息很可能会引发第三次世界大战。重要的是，只能让杰克知道一些基本情况，让他有足够大的动力来完成任务就行了。

　　"如果你和艾玛搞好了关系，她有可能会让我们参加他们的派对之夜。"这即刻引起了杰克的兴趣。

　　"他们的'放假派对之夜'吧？"

"是的，就是那个。就是那个可以燃放非法烟火的派对，这些烟火是哈里森先生用木箱从中国进口毯子的时候偷运进来的。"

"不，"杰克说，"事情不是这样子的。他那些'喷泉''瀑布'和'轨道火箭'都是从杂货店老板杨先生那里买来的。他大概是把烟火放在米桶里，藏在后院。你只要悄悄过去，告诉他们你要四斤茉莉香米，伙计就会从后院给你拿来一个用胶带封好的纸袋。大概要花个十美元，天啊，这简直是物超所值！"

一想到那个袋子里装的东西会给他带来快乐，杰克就兴奋得两眼发光，离烟火正式上市还有三个星期呢。这一包包、一盒盒大小形状各异的烟火，只要一点燃，就会绽放出五彩缤纷的光彩，但是上面一条英文说明也没有。

"当然，如果你把手炸飞了，有人问起这件

我要荣耀

事，你得说这些烟火是你叔叔送的礼物。"

我明白他的意思。我们都喜欢杨先生，喜欢他美味的叉烧包和非法售卖的爆炸品。没有一个人希望他的店倒闭。

"你会去参加那个派对吧？"我说。

哈里森家族的"放假派对"赫赫有名。只有得到邀请的人才能参加，它可以和早些时候在公园里举办的公共展览会相媲美。他们是获得了市议会的特别豁免，才可以燃放烟火的。哈里森夫人是市议员，毫无疑问，这一点可帮了大忙。"为什么你自己不去和她搞好关系呢？"他问。

"因为第一，我很无趣；第二，她认为你很酷。"我承认，起码在第二点上我撒谎了。杰克半眯着眼睛看着我，像一只生气的猩猩。

"得了吧！那个自大狂艾玛·哈里森认为我就是一个——她怎么说来着？——危险少年。"他冷笑道。

"有些女生就觉得坏小子才有魅力。"我说。这句话是从老妈那儿听来的。那天，老妈正在纳闷为什么爸爸会和另外一个女人好上，而那个叫瑞秋的女人又为什么愿意和离过婚的爸爸好。其实爸爸并非真的是个"危险青年"，也就算是个看起来像个笨蛋的老家伙，对公众来说并不会造成任何伤害。看杰克在那儿左思右想，我一言不发。过了一会儿，他直了直身子，挺了挺胸，摆出一副得意扬扬的样子，将一个大拇指插进牛仔裤的裤兜里，故意垂下一侧的肩膀。他抬高下巴，调整着姿势，直到自认为装得像一个典型的坏小子模样。他看起来更像是个傻瓜，一只手正摩挲着下巴上的胡须绒毛。

"嗯……我就知道她会怎么看我……很成熟、还是学长……估计我搞的那些爆炸事件让我的魅力加分不少。"

对此，我可不敢苟同，但我仍然兴奋地点点头。杰克想展示一下他的肱二头肌，可惜没鼓起来，所以他假装是在伸伸胳膊。"或许我可以利用她带大家去参加派对，然后甩掉她。看她还敢不敢小瞧人。"他又仔细想了想，"好吧，纸板儿，我答应你，去试试看。"说完，他将我推到一旁，硬是把手伸进了冰箱里。

哈！谁说男孩不蠢……或者说不虚荣！

我知道我会给杰克带来什么样的麻烦。一想到这个，我心里就觉得有点儿难受。他对艾玛根本没什么吸引力，他根本配不上她。一个像她那样活在完美世界里的聪明女孩怎么可能会注意到我这个愚笨的哥哥呢？她家很有钱。下学期，她会转学去一个私立女子学校，在那里，她要想邂逅附近寄宿学校的男生，就只能是在某个校际挑战赛上，或者是在某个学校舞会上。实际上，杰克看起来不够强壮，没有古惑仔身上的那股魅力。如果他纹了身，老妈会宰了他的，更别说去穿环了。他有针头恐惧症，在学校里注射脑膜炎预防针的时候，他甚至吓得都晕了过去，结果被抬到了医务室。

我哥哥再普通不过了，长相一般，没什么特长，唯独对易燃物品有着少年才有的痴迷，这些东西给他带来了很多的麻烦，远超过他所想的。总的来说，杰克还真没什么长处。

但是我需要他来帮助我完成计划，我相信有一天他会理解我的。眼前最重要的是让他去追求艾玛，然后被无情地拒绝。那样一来，为了报复艾玛，他肯定什么都愿意做。千万别误会，我不想用卑鄙的手段对付艾玛。我只是想让她让出一次机会，让娜塔莎去扮演那只天鹅；也让大家知道，把机会分一点儿给别人对她没什么害处。我这么做，是为大局着想。当然，如果我还能顺便为被抢走了

我要荣耀

"信息技术奖"而小小地报复她一下，也不是什么大不了的事情，对不对？啊哈？

我漫不经心地走进客厅，看看有没有什么事情可做。老妈正坐在沙发上修剪脚指甲。

"我搞不懂你怎么还有闲心做这些事情，"我说，"有谁会注意它们？"

老妈笑了笑，我觉得她笑得有点儿诡秘，"噢，你不会懂的，"她回答，然后打开一瓶指甲油。真是太搞笑了。一想到有人会对母亲的脚趾大加赞赏，我就觉得恶心。她应该把它们塞进一双实用耐穿的运动鞋里，去干一位真正的母亲该干的活儿，比如说像煮饭这样的事情。

"晚餐吃什么，老妈？"我小心地问道。

"你想吃什么都行。"她回答。

"炸鱼和薯条，怎么样？""嗯……今天是星期五，晚上我要出去一下……好吧。"

"又要出去？这已经是这个月的第二次了！你不觉得太多了吗？"

老妈摇了摇那瓶淡紫色的指甲油，然后指了指她的手袋。

"你自己从我钱包里拿五美元出来，弗洛，那应该够了。"老妈一边说，一边小心翼翼地给指甲涂上第二层指甲油。她的指甲看上去就像发育不良的花瓣。

"那不够用！"我抗议，"我们又不是学龄前的孩子，老妈！我们每人两份薯条都不够。杰克自己起码就要吃一份半，并且，我们还想吃点春卷。"

"我又不是摇钱树，三美元就够了，你们可以吃很多薯条和炸鸡块。还饿的话，就买点面包加黄油，肯定就能吃饱了。我什么也不想吃，我要出去了。"

"有的人真是爽，可以到外面去大吃大喝。"我轻蔑地说。

"有人请客。"老妈看着我回答，一副漠不关心的样子。

"是谁？"

"哦，就是个普通朋友。"她开心地说。我觉得她会给自己惹来一大堆不必要的麻烦。

"嗯，但愿那个人肯花超过五美元来请客，要不你们会饿死的。"

我的妈妈，她背叛了我，竟然在敌人的餐桌上吃饭！我虽然不知道这个男的是谁，但是我知道我不会喜欢他的。我从她的钱包里拿了五美元出来。

"让我瞧瞧。"她说。我把钱拿到她跟前，让她看看我没有多拿走一分。维维恩·布莱特，你真是个疑心重的女人。

我觉得走路去吃炸鱼和薯条是个不错的想法，

这样我就可以让脑子清醒清醒了，不再去想老妈的那些风流韵事，还能为计划的第二步该怎么走谋划谋划。

我大声呼喊鲍里斯。"到这边来，小子，我们散步去！"它从餐桌（这不是它该待的地方，可它总爱到这儿来打盹儿）上跳了下来，喵喵喵地向我跑来。"你真是只搞笑的老猫，是不是？"我一边说，一边轻轻地拍拍它。"真像只小狗，很臭，也很忠诚。"它在我腿上蹭来蹭去。"好了，好了，让我们去看看有鸟抓没有。"我朝它勾勾手指。

"别让它去抓绣眼鸟，弗洛，"老妈叫喊，"那可是国家环保部的重点保护对象。"

我们一起从家里出发，但是当我们走到那个拐角处的时候，它就不见了。它很可能会消失好几个小时，和它的小伙伴到处闲逛，到比萨店吃人们

吃剩下的小银鱼，找猫小妹搭讪，直到玩得精疲力竭，天色很晚才回家。

这让我想起了Screeching Weasel（一个来自美国芝加哥的朋克摇滚乐队）唱的一首歌，看不到鲍里斯，我不由得哼唱了起来。

这条路通往乳品店，路刚走到一半，我高声唱了起来："在那小镇的另一边，有个酷酷的俱乐部。这个酷酷的俱乐部，小猫咪躺四处，谈论别的小猫咪……这真是个酷酷的俱乐部，你永远无法加入。"

"这到底是个什么样的俱乐部？"一个声音打破了我的空气吉他独奏，我迎面撞上了镇上个头最大的女孩——安卓娅。她的个头不是一般的大，而是巨大，跟橄榄球队的前锋有一比，说起话、做起事来也跟他们一样粗野。

"说起那个俱乐部啊，那是一个普通人进不去的俱乐部，"我不假思索地脱口而出，"只有艾玛和她的表弟托马斯·哈里森才有资格去。"

"什么，你是说那个游艇俱乐部？"安卓娅说。有时候别人话里有话，她还真听不出来。

"我说的不是一个具体的俱乐部，而是指一个专为获奖者设立的颁奖台……"看得出来，她绞尽脑汁地想弄懂我说的话。"那是一个他们这种层次的人该去的地方。"我最后补充道。

"什么，琼斯先生的那个班级①？"她问。安卓娅有时候总是把别人讲的话听错。

"是的，差不多吧……"我应和道，却仅仅是为了不冷场而已。

"我很不喜欢托马斯·哈里森。"安卓娅一边说，一边把手指关节捏得咔咔作响。

"就因为他获得了'最佳学生奖'的亚军？"

----

① "层次"和"班级"的英文单词都是 class。

"我才不在乎他和那群'鸭子'①有什么相干呢，但他抢走了年度最佳运动员奖。"安卓娅很生气，这让我大吃一惊。她是没什么希望得到这个奖的——安卓娅最擅长的体育活动就是打架斗殴，可惜学校没有为此给她颁过什么奖。她唯一获得的奖赏就是多次留校受罚。

"我以前不知道你在乎得奖，安卓娅。"我小心翼翼地说，因为你永远搞不清楚她会是什么样的反应。她很可能会不由分说地把你拎起来，扔进垃圾桶里。我已经准备好随时跑掉，但她接下来说的话却让我竖起了耳朵。

"我才不在乎呢，纸板儿，"听她随口喊我的绰号，我很不舒服，"而且，我也不太喜欢搞一些弄虚作假的事情。"

难道她说的是托马斯·哈里森？他可是名列前

---

① 鸭子的复数"ducks"的英文发音和最佳学生"dux"的发音一样。

十五名的选手、板球赛季的冠军投手、游泳赛的冠军！他怎么可能作假？我们亲眼见证了比赛结果，每一场激烈的竞争我们都参加了。

"你为什么会那样想？"

"这个奖不是根据你在场上的表现来决定的。赛前暗中使诈可不是正人君子的行为。"口香糖一点一点地从安卓娅的嘴里吐了出来，搭在她的下嘴唇上，在阳光的照射下，渐渐地变成了一条胶带。接着，她把头向后一仰，将这根银带子卷回到口中。她看着我，慢慢地嚼了起来。"动动脑子吧。"

我开始回想。"好吧……让我想想……在两周前的一百米和两百米田径赛上，他都夺得了第一名。"

"就在最后冲刺的时候，斯图脚上的一只鞋子跑掉了，导致他没有资格参与竞争，你不觉得这有

些蹊跷吗？"

"的确是这样的，但是托马斯真的为他感到痛心。我记得，他让斯图和他一起站在领奖台上，他手捧着奖杯，说道：'你比我更有资格获得这份荣誉，你才是真正的胜利者。'我觉得他真是太好了。"

当时的情景还历历在目。在场的每一个人都在拍手欢呼，所有在百忙之中抽空出席的父母，双眼饱含着泪水地相互对视，心想托马斯要是他们的儿子该多好。

"别忘了那次游泳比赛。"安卓娅说。

"嗯，我记得，托马斯赢得了仰泳、五十米自由泳等几乎所有的比赛。这有什么不对劲的吗？"

"丹尼尔就没及时赶到游泳中心。"安卓娅说，接着又吹了一下她嘴里的口香糖。

"可丹尼尔错过了巴士，这不是托马斯的错，"我说，"而且，他还送给丹尼尔一张卡和一张滑水中心的免费入场券。我妈说，这是有教养的表现。在那次比赛后，丹尼尔再也没跟他说过一句话。我觉得，这真是太过分了，感觉他有点忘恩负义！"

"还有那次橄榄球赛。"安卓娅说。

"怎么了？"

"保罗·道格拉斯让托马斯当上了队长。"

我没有听懂她的意思。"他们为了能取胜，已经组建了一支强大的队伍。你也知道我们的洛西蒂队是怎么打败寄宿学校队的。教练觉得托马斯不仅聪明还很幸运。"

关于那场比赛，我们有很多引以为豪的地方。那些寄宿生出场的时候，我们跳起毛利族的战舞"哈卡"，这个舞谁看到谁都会害怕的，但他们只是不屑地笑了笑，然后就将我们打了个落花流水。

"呃，幸运？前半场里，我们输得一塌糊

我要荣耀

涂。"安卓娅笑了笑。

这倒不假，但是当下半场打到三分之一的时候，客队的一个边锋拼命地从球场往洗手间飞奔起来，一会儿捂着肚子，一会儿摁住短裤后面。很快，支柱球员、后卫、中卫和队长都接二连三地出现了同样的状况。队员们都站着，满脸困惑，因为越来越多的人开始离开球场，不一会儿，连坐在长凳上的替补队员都不见了。裁判命令比赛暂停，教练们走到一边聊了两句，接着去和校长交换意见。校长对着喇叭发了一个通知。

"由于……嗯……比赛中出现了意外状况，这个赛季中的最后一场比赛决定取消，你们可以回家了。嗯，另外，请把手彻底洗干净。"

安卓娅手舞足蹈起来。"我觉得这些寄宿生可能再也走不出这个阴霾了。好多天以后，那股臭味儿才消失。"

托马斯真的很关心他们，还说要送一张"祝你们早日康复"的卡片和一些煮鸡蛋过去，因为这些东西显然能帮助他们早日恢复健康。鲍拉说，也许不要送鸡蛋才好，因为学校里面还弥漫着一股臭鸡蛋味，但是，送卡片是个很好的方式，还不会让对方讨厌我们。他很高兴托马斯已经长大了，能够想到这一点。

"哼，他们寄宿学校的那些食物？你不能相信的，"我说，"老妈说这真搞笑，学校里的人都吃一样的午餐，却偏偏只有橄榄球队的人染上了病菌。也许厨师额外给他们做了一些三明治，用的全是吃剩下的脏兮兮的鸡肉。"

"对……这样做很方便哦。"

安卓娅得意地笑。"那假如是他的对手真的有点儿倒霉呢？托马斯不会故意伤害任何人。他为什么要这样做呢？我的意思是，他没有损失什么并

我要荣耀

不意味着——"我停顿了一下，安卓娅还在嚼口香糖，"他不可能安排——"我看着她，她缓缓地点点头。"不，不可能。"安卓娅把手伸进裤袋里，把钱包掏了出来。她翻了翻旧收据和时区票，直到找到她想要的那样东西，就拿给我看。这是一张棒棒糖的包装纸。我拿过来将它抹平，想要搞明白这是什么意思。

"读一下。"安卓娅要求我。

我眯着眼看上面的文字。"开塞露，快速缓解便秘"。"那是一种泻药。"我说，依然困惑不解，琢磨着安卓娅是不是想要向我透露一些她的身体情况。我真希望她别跟我说这些。

"没错，这是在决胜赛以后，从托马斯·哈里森的旅行包里掉出来的。真有趣，这些小小的泻药丸就像一粒粒黑色的豆形糖果，看起来像，尝起来也像。我奶奶就爱吃这种糖果。就在赛前，当我拿着新手机在路上走的时候，我看到你们那个汤米拿了整整一袋这样的'糖果'给那些寄宿生。我确实明白他的慷慨是怎么一回事了。"

她从我手里一把抢走了那张包装纸，塞回她的钱包里，还用手轻轻地拍了拍。"这是张保险，纸板儿。"她说。

"这话什么意思？"我低落地问道，我对托马斯的敬佩之情化为乌有。

"知道吗？作为布莱特家的人，你还真够笨的。你要留心观察身边的人，身边的事儿，这样你才能从这个世界赚上一笔。"

说完，安卓娅往我的胳膊上猛打了一拳，这下子我这一天都抬不起胳膊来了。等她大摇大摆地走开以后，我终于弄明白她想要用那张丁点儿大的纸来做什么了，安卓娅是敲诈勒索方面的高手。如果她加入到我的团队中来的话，就太完美不过了。

第4章

在炸鱼薯条店候餐的时候，一想到我的诡计，我就兴奋不已，觉得都可以写成博客了。

用网络博客这种形式，将这一切载入史册，让大家看看，在出谋划策、纠正社会上的道德败坏行为方面，我可是个天才。我开始计划我要写什么东西以及如何表达清楚。这可能会成为一个个案研究，甚至可能成为师范学院的"必读书"。如果他们的学生能对颁奖中出现的不公平现象提高警惕，整个制度就会朝着更好的方向发展。

"四十三号。"西奥大叫，我被吓了一跳，轮到我了。我一边挥舞着手中的票，一边向柜台前挤去。

"五美元，多谢，弗洛。"他向我眨眨眼。西奥这个小子真不错，总会多夹一些薯条，有时候甚至会塞一个凤梨圈在里面。我记得，我们一起去芬诺港看过鲨鱼和黄鲫。

"多谢，西奥。"说完，我接过那个热乎乎的纸袋，搂在胸前。我闻到了热土豆味、油味，还有柠檬胡椒味。他炸的薯条最棒。

在回家的路上，我撕掉袋子的一角，把手伸进袋子里，取了一块热乎乎的薯条出来，虽然天气相当炎热，可这味道和天冷的时候一样可口。我努力克制自己，就吃这一块，可等我走到我家后门口的时候，我已经吃掉好几块了。

杰克正在客厅里玩电子游戏《光环》。一方拼命地进攻，一方顽强地抵抗，声音震得玻璃门直响。我打开纸袋，拿出一些薯条和几个鸡块。我把西奥放在最里面的一个凤梨圈也拿了出来。剩下的都归杰克，我把袋子重新装好，放在桌子上。

"晚餐准备好了！"我端着自己的那盘食物上

我要荣耀

楼去了。不知道杰克会不会在那些食物变冷之前发现它们。我才懒得去管呢！我还要赶紧把我的博客建起来呢！

我打开电脑，进入博客网。以前在学校，我做过这个，用这种方式制作网页真是棒极了——完全免费，容易上手。你可以给它取一个你喜欢的名字，不过，最好还是保持匿名状态。我现在还不想引起大家的关注。为了避免大家知道，我采用了一个新的网络身份：夏纳。这是有一定理由的。我给我的主页选择了银白色的背景，再配上橙黄色的主题。我仔细考虑了一下要放什么样的内容上去。这可不是一般的网络日记，它详细记录下了我的计划步骤：

1. 让我朋友的梦想成真

2. 从艾玛头上摘掉那个备受众人瞩目的光环

3. 披露校园里盛行的徇私舞弊行为，指出其严重的破坏性

博客的最大好处就在于——世界上的任何人，在任何地方，都可以写博客，这样，我就可以畅所欲言，没人会知道这是我写的。即便如此，我认为，以防意外发生，最好还是把名字和地址改一改。因此，从现在开始，艾玛就叫"公主"，娜塔莎就叫"独角兽"（这跟她喜欢马有关），杰克就是"花花公子"，因为他痴迷于打游戏。当然，安卓娅就是"金刚皇后"，这个名字既考虑到了她酷似黑猩猩的外形，也肯定了她女性的身份。除了托马斯以外，差不多我计划中所有的角色都定好了，因为他的表现真是太出乎我的意料了。想到他跟那些黑色棒棒糖泻药丸有关，又想到他会游泳，就叫他"水母"吧。

接下来，我下载了一些小头像来和他们的名字相匹配。公主、独角兽和水母的头像都很好找，唯独输入"花花公子"这个名字的时候，许多网站都进不去，因为老妈给网站设置了访问限制。但我还是找到了一个黑白徽标，上面是一只打着领结的小兔子，所以我就用这个给他做头像了。

"金刚皇后"的头像也不好找。网上能找到大量金刚的图片，因为这部翻拍的影片已经出来很多年了，让我很惊讶的是，这显然是在新西兰翻拍的。我竟然不知道骷髅岛就近在眼前。我只好给图片上的大猩猩戴上一个胸罩，这样她看起来才像安卓娅。

找个适合自己的头像却不是什么难事——一个在网络世界闪闪发亮的灯泡。

第一天：荣耀计划启动

今天，我说服花花公子去把公主约出来。他不知道我打算让他做什么。

我仔细回忆了一下。我计划过什么？我都不记得了，但是我知道，等我吃巧克力的时候，那些

想法很可能会闪现在我脑海中。我望着油腻腻的盘子，所有的食物都被我一扫而光，但我的肚子依然在咕噜咕噜地作响。

我知道，要想在食品柜里找到粉红巧克力棒是绝对不可能的，但是老妈总会在衣柜顶层偷偷地藏一些东西。我们本来不知道那里有秘密的，但是在去年圣诞节找礼物的时候，我不小心发现了。这是个秘密，让她把秘密讲出来是不可能的，而且老妈每天都在抱怨咱们这个家预算有多紧张、牙科账单上的费用有多高。我觉得就算时不时地拿一点儿出来，也是公平的。

我蹑手蹑脚地经过走廊时，发现老妈的卧室房门开了一道缝。我看见她床上有一堆衣服。她一定是在出门前把衣柜里所有的衣服都试了一遍。我注意到那条运动长裤不在里面，然后我推开门，发现鲍里斯正趴在里面。

"嗨，猫咪，"我轻声说道，"你什么时候进来的？"我俯身在它那脏兮兮的额头上吻了一下。它朝我打了个哈欠，露出黄黄的小尖牙，立马又合拢了嘴，舌头像变色龙的舌头一样，打着卷伸了出来。

"噢，真臭！你真该好好洗洗牙了，猫咪！只可惜没人想因此失去一只手。"

我踮着脚尖，鲍里斯望着我。老妈的衣柜顶层是很难看得到的，我不得不用手到处摸索，寻找看有没有巧克力。

我的手掠过一块光滑的长方形物体，感觉很有希望，于是，我把那块东西轻轻地往我跟前碰了碰。呃，水果或坚果？蜂蜡？焦糖？这次会是什么东西呢？我馋得直吞口水，感觉一股股甜甜的味道涌进嘴里。还没等我把这包东西碰到衣柜边沿的时候，我已经垂涎欲滴了。只要再碰一下，这包东西就会落在地板上，我就能好好看看这包"私藏品"了。

掉在地上的东西看起来有一条巧克力那么大，看上去很像是个珠宝盒。我失望到极点。我把它捡起来，扔了回去，但又担心自己把里面的东西摔坏了，所以，有必要打开仔细看看。盒盖很容易就打开了，里面是一条精美的项链，我惊呆了，虽然受到一点震动，但是依然完好无损。这条链子样式虽然简单，却很漂亮：这是一条上好的项链，上面还挂着一颗用白银镶嵌的小珍珠。我把它从盒子里取了出来，它在光线下散发出华丽的光芒。虽然我不懂看首饰，但是这条项链让我惊叹不已。我多希望这是属于我的啊。我从没见老妈戴过，所以我很想知道她到底是什么时候得到这条项链的，以及这条项链又是从何而来的。当我走回去打算把这条链子放回原位时，我看到，在缎面内衬和盒子之间夹着一张纸条。我把纸条抽了出来，坐在老妈的床上读了起来。上面只写着十多个字：

最好的礼物送给世界上最好的人

目前看来，这还是个谜。没有人会把这么华丽的珠宝随便送人的。谁是那个把老妈看得这么特别的人呢？为什么她从未提及呢？跟今晚的晚餐约会有关吗？为什么要把它藏在衣柜的最上面呢……除非是有所隐藏？我把那张纸条塞回盒子里，啪的一声关上了盒盖，把盒子扔了回去。我脑子里冒出了一些我根本不想回答的问题，幸运的是，从楼下厨房里传来了一个低沉响亮的声音，我很快就忘记了这些问题。"你把所有的鸡块都吃了吗，你这个贪吃的臭丫头？"

第5章

　　哈里森家的派对是在星期六举行，就算杰克去参加的话，他也没有太多时间对艾玛施展他独特的布莱特家族魅力。我认为，他几乎没有机会跟她说话，不仅如此，她还会冷落他，这样，他会想尽办法去报复她。我现在还没有什么想法，只想让她扭伤脚踝之类的。只要把她整得没有机会去芭蕾舞独奏会演天鹅就行，这样，娜塔莎就能替代她出场。

　　杰克不是个很危险的家伙，但是，在恰到好处的时候为我们制造一起小小的故障是没问题的。我琢磨着怎么在道具上做手脚呢。既然他们缺少志愿者，不如让娜塔莎把杰克推荐给芭蕾女教练，他这么强壮，教练一定会用他。

　　我猜想这是个折磨人的活儿。那个女人对每

个人大喊大叫一阵后，就走到外面一支接一支地抽
烟。贝琳达·史密斯的体形就像只螳螂，头发染得
黑黑的，向后梳成一个法国髻。她从不吃任何东
西，而且每天要抽至少四十支烟。她居然还有这么
大的力气大声喊叫，这真让我吃惊。众所周知，
如果有人愿意出力的话，她一定会好好地把你榨
干的。有一位母亲，她的精神几乎都崩溃了，就
因为她说她懂缝纫，结果就被要求在一周之内用
一百七十米的黄色薄纱缝制出三十条短裙。而这仅
仅是为了一首五分钟的曲子而准备的，这个曲子名
叫《鸭子的舞蹈》，是专为五岁孩子设计的初级版
《天鹅湖》。后来，大多数演员都跳得大汗淋漓，
芭蕾舞短裙都给打湿了，简直跟刚穿上时两个样。

　　如果杰克去芭蕾舞学院报到，我确信贝琳
达·史密斯女士会立刻向他扑过去，抓住他不放，
让他在整场演出里负责楼梯和宫廷道具的搬运。一
旦他参与演出，他就能在搭建的架子上做做手脚，

这样艾玛就会从上面摔下来。我打开博客，把这些内容添加了进去。

星期六：荣耀计划第二天

花花公子到村里窥探公主的一举一动去了。众所周知，每次她去为她父母拿《周刊》的时候，总要逛到那些学院男生的面前去搔首弄姿。花花公子身上的那条牛仔裤都已经穿了一周了，一条裤腿上还沾着番茄酱，他看上去真有男人味儿。他那刚刚洗过的头上扣着一顶鸭舌帽，下巴上还沾了点儿祛痘霜，这使他看起来坏坏的，公主一定会觉得他魅力难挡的（根本不可能）！

我在一个治疗青春痘的网站上找到了一颗大而有脓的青春痘，然后给它的四周镶上羽毛，再把它贴在我的主页上。它看起来似乎闪闪发光。

独角兽仍然闷闷不乐，不甘心就这样放弃了。

我从一个关于意大利文艺复兴的艺术网站上截取了一张可爱的欢腾的独角兽的图片，放到了我的主页上，但是我把这张图片完全颠倒了过来，独角兽四脚朝天，就像一只死蚂蚁一样。本来已经没有太多要添加的内容了，直到看到杰克从乳品店回来，一副灰心丧气的模样，我就知道，我可以开始计划第二阶段了。因此，我给娜打了一个电话。她妈妈碧琶接的电话。

"娜塔莎不在，弗洛。她很早就去马术学校了。鲍勃的状态不太好。"

鲍勃是娜最喜欢的一匹小马，可我觉得它有些让人害怕。不管是它的牙齿，还是身体的其他部位，都可能会使你受伤。每当她谈起这匹马时，就像是在谈论某个人。她总是这样说道："噢，你永远想不到鲍勃干了什么！"或者说"鲍勃那天可真

好玩。"

一匹马有什么好玩的？一只猫还有可能，因为猫咪会用它们的爪子去击球，你睡着的时候，它还会跳到你头上来。想想一匹马这样做的情形吧！我假装对她那个四只脚的朋友产生了兴趣，但是鲍勃和我基本没什么共同之处，除了脚踝的骨节突出，以及都认识娜塔莎以外。因此，有时候我们的聊天很难进行下去。

"鲍勃怎么了？"出于礼貌，我问了一下碧芭，虽然我并不感兴趣。娜的妈妈喜欢人们彬彬有礼。到她们家里去就像是去一所女子精修学校一样。在去她家之前，我还真不知道有人在用叉子的时候，能够做到把叉子深深地扎进食物里再吃，而且，在她家必须这样做。此外，我仍然不习惯吃饭的时候不把胳膊肘撑在桌子上。

"我们还不清楚，不过我们昨晚给那个兽医打了电话，它已经被灌了一支灌肠剂。"

"为什么要给他灌这个？"我问道，心想是不是那个小动物兽医特纳女士觉得她那个作大型动物兽医的父亲需要把自己的肠子润一润。他本来可以吃一些托马斯的豆形糖。那些东西肯定更有效。

"噢，肯定是里面塞住了。"

"清洗干净后，他就去看鲍勃吗？"

"很抱歉，我不知道……噢！不是的，弗洛伦斯，被灌的不是那个兽医，是那匹马！"

我被搞得一头雾水，不再想去搞清楚别人心里是怎么想的，于是，我说了声再见，就挂掉了电话。显然，娜塔莎今天的任务是要照顾她心爱的马儿，这下，我只有闲着了。

老妈在楼下大叫："弗洛，你去买一下牛奶，好不好？"我只好不再玩弄拇指了，我都玩了半个小时了。

都已经十二月①了，天气还是这么冷。看来要等到快开学时，夏季才会真正到来。当我漫步在去帕特尔乳品店的路上时，我冷得浑身哆嗦。我想从买牛奶的钱里面挤出一些糖果钱来，但不知道是否能瞒过老妈。帕特尔先生正在店外整理一摞印有房地产信息的报纸。报摊被踢翻了，风把报纸吹得到处都是。

"这些调皮鬼。"他喃喃自语，把收好的一堆报纸放回支架上。我用脚挡住两张吹飞的报纸，捡了起来。

"给。"我说，把报纸递了过去。

"噢。太感谢了，弗洛。我不知道该怪谁，是这些报纸呢，还是那些把报纸弄飞的男孩？"

"噢，肯定是那些男孩啰，我想。"

帕特尔大笑："再过一两年，你可能就不会那样说了。"我摇摇头："不，我才不会这么快就改

_____

① 十二月到次年二月是新西兰的夏季。

变呢——男孩子就是让人头疼。我有个哥哥，我非常了解。"

"哦，不过一些人认为他还不错。"他回答道，朝左边眨眨眼，点了点头。

我顺着看过去，令我非常惊讶的是，杰克竟然和艾玛在一起。她正在他面前一边抚弄着头发，一边咯咯咯地笑，根本就没有瞧不起他的样子。而我哥哥咧着嘴，笑得就像是从某个村子里走失的傻子一样，斜着身子靠在墙上，一副轻松自如的样子。

艾玛抱着身子哆嗦。她穿着一件吊带衫和一条低腰牛仔裤，好些皮肤露在外面。我觉得她穿得太暴露了。之后，杰克做了一件让人感到惊讶无比、恶心至极的事情。他摘下帽子，给她戴上。似乎这就能让她暖和起来一样！我认为她每戴一毫秒，都会冒着巨大的风险，因为帽子里可能有虱子。但是公主脸上带着微笑，挑逗性地摆着身子，一会儿把帽子拉下来挡住眼睛，一会儿又拉上去，就这样，

我要荣耀

和她的那个仰慕者玩起了荒唐的躲猫猫游戏。我当场差点吐了出来。她知道自己在做什么吗？

我完全被搞糊涂了，以致匆忙逃离的时候，连买牛奶的事情都差点忘了。情急之中，我躲进了牛奶店，拿了一盒全脱脂的牛奶，这是老妈最近喜欢的；这种牛奶喝起来就像白色的水一样。我买完东西，扭头冲出去的时候，狠狠地撞上了安卓娅。我赶快用一只手捂住脸保护自己，准备好被她大骂一顿，但是她只是站在那儿。

"对不起。"我小声地说，她没理睬我。她凝视着窗外远处的某样东西。顺着她的视线望去，我看见艾玛和我哥哥朝着公园的方向走去，杰克一只手轻轻地搂着她的腰。安卓娅脸上露出复杂的神情。

回家的路上，我脑子一片混乱。杰克和敌人勾结真是个恼人的问题。这会极大地破坏我的计划，我必须重新考虑考虑。除非他能做双重间谍。说不

086

定有办法让他不知不觉地当上双重间谍。反正他是打算甩掉艾玛的，这样的话，我们就没什么损失了。

一回到家，我又打开了我的博客：

事情突然出现转折，花花公子引诱公主落入了圈套。公主被花花公子深深地吸引住了，她的魅力也深深地迷住了花花公子。她母亲应该让她多穿点儿衣服……

"弗洛！"老妈在楼下大声吼道，"快来帮我把这只猫抓住。"我听到厨房里有窸窸窣窣的声音。老妈到底在干什么呀？我关上电脑，慢吞吞地走下楼。在拐角处，我看见老妈面朝后门，蹲伏在地上，姿势跟正在比赛摔跤的相扑选手一样，腰部左摇右摆。鲍里斯蹲伏在猫洞和老妈之间，脖子上的毛都立了起来，耳朵扁扁地搭在骨骼突出的头颅

上。它发出像小狗一样低沉的咆哮声。是鲍里斯有点小猎犬的性情呢，还是它要咬人了呢？

"把它放进箱子里，弗洛。"老妈命令道，眼睛盯着鲍里斯眨也不眨。有趣的是，老妈不用怎么看，就能知道我在哪里。我沿着墙轻手轻脚地朝客厅退去，一点儿也不想去和一只抓狂的猫较劲。将来我还要好好地使用我的双手呢，如果鲍里斯发起狂来，能把我的手指都扯掉。

"快！"老妈嘶吼着。我敢说，她后脑勺儿肯定长眼睛了。我搞不清自己到底怕谁了。

"为什么？"我问道，因为这个时候按兵不动

最好。

"在节日去爷爷奶奶家以前，要把它的牙洗干净，把它的爪子修整修整。"这真是新鲜事。如果可能，老妈是不会去农场的，尤其是在一年中的这个时候。奶奶常常会唠叨个不休，说许多家庭在圣诞节的时候不能团聚是多么让人难过的事情啊，每个人都要努力和家人聚在一起。似乎她总是想提醒我们，爸爸现在住在基督城。

"我们不带鲍里斯去，怎么样？它会把绵羊害死的！"

老妈转头看着我。"当然不带，我只是担心我们走了以后，等皮尔森夫人去给它喂食时，它会不会把夫人的腿给抓伤。"

我还想问更多关于去奶奶家的安排，这时鲍里斯猛地一扭头，一头扎进猫洞，可惜那个板门没怎么动，它咆哮起来，愤怒地哀号着。

"快，弗洛！可以了！"老妈大叫，我猛地向

前一跃，拎住了它的脖子。老妈立马把猫箱子拿到它下面，我把鲍里斯从箱子的洞口给扔了进去。还没等它跳出来，我就拿了个盖子把洞口给堵住了。为了万无一失，老妈立马拿着一大卷胶带来把洞口封住。

"谢天谢地，幸好猫洞是可以锁上的。"她满意地说道，眼睛盯着厨房桌子上那个晃动着的箱子。这个箱子并不大，但是鲍里斯在里面动来动去，箱子就不断地向前移去。

"把它拿着，"老妈命令道，手里的钥匙晃得丁零零响，"那个兽医让我们十五分钟内到。"

当我们从后门出去时，杰克和艾玛正好从前门进来。杰克透过窗玻璃注意到我，朝我眨眨眼。我不知道他是不是在暗示我，他是在执行任务或者他今天走运了。他看起来对自己满意极了，我不确定这是否真的符合我的计划。

"和杰克在一起的那个女孩是谁？"我们一上

车，老妈就问道。没有什么逃得过老妈的眼睛。我用座椅安全带很巧妙地把猫箱子固定好，一路上，鲍里斯在后座上就不会滚来滚去而感觉那么难受了。

"噢，就是街上碰到的一个女孩。"我回答。母亲用锐利的眼光看着我。

"开玩笑啦。"我安慰她道。

"嗯，但愿她的家教不错，"老妈说，"我可不想他交上坏女孩。"

这可真好笑。艾玛·哈里森绝对是妈妈们喜欢的类型。在哈里森一家的眼里，杰克才最有可能是个坏男孩。但是哥哥在老妈眼里还是个小男孩，她总是竭尽全力去保护他。仔细一想，我也应该这样对待鲍里斯。于是，我俯下身子，轻轻地拍了拍箱子，安慰了鲍里斯一下。盒子里传来低沉的吼叫声。为了避免受伤，我赶紧把手抽开，因为这个纸板箱很薄，而它的牙齿却相当的长。

　　终于到了"特纳动物诊所"，老妈把车停下来。这一路上，鲍里斯烦躁不已，叫个不停。

　　"它总算安静下来了。"老妈高兴地说。我心里依然忐忑不安，小心翼翼地将箱子拿到候诊室。

　　我们在窗边的塑料长凳上坐了下来。坐在左边的是兰伯特夫人，她的旁边摆放着几大袋拿来售卖的干狗粮。她的大腿上放着一个鞋盒子，我伸长了脖子，想要趁她不注意的时候，看看里面装的是什么。如果你主动跟她搭讪，她就想打听一下关于你在学校里的那些事，以及你喜欢什么科目。老人真的搞不懂年轻人，只要离开了学校，学校里学的科目都显得极其枯燥，这一切也是我们最不愿谈论的。我还是对盒子里装的东西很好奇，于是，我很随意地站了起来，走了两步，来到公告板跟前，假装去看看关于犬类训练课程的东西。候诊室里好像有三只等着登记的狗狗。一只是喜欢嚷叫的狐狸犬，一只是动作迟缓的拉布拉多猎犬，还有一只是小巧的吉娃娃犬。这只吉娃娃真是让人恼火，一会儿跳到它主人的大腿上，一会儿又从大腿跳到地板上，不知道哪里才让它觉得舒服惬意。我真想大吼一声："天哪，把它弄进手提袋里吧！"要是出门的时候就把它装进粉色的普拉达皮包里，它探出头来的模样会很可爱的。

　　我低头看了一眼老太太的鞋盒子——一块绣花手帕里裹着一只很老的虎皮鹦鹉。它头顶上的羽毛有些脱落了，看起来就像个中世纪的修士一样，或者说像老妈去的那家银行的经理。被裹在那块散发着香气的淡紫色亚麻布里，它有点儿气喘，我担心它还能不能呼吸。兰伯特夫人发现我在偷看。

　　"它叫伯蒂，"她说，朝着鸟儿点点头，"它不想吃东西。"

　　伯蒂这只鹦鹉看来是吃不下任何东西了。它一定和它的主人一样上了年纪吧。我想建议她把瓜子先放在嘴里嚼烂，就像喂婴儿一样。但我又不确定

我要荣耀

兰伯特夫人是不是还有牙齿。

门叮当一声开了，罗伯特先生走了进来，手里
拎着两桶鱿鱼。"你好，"他相当高兴地说，"我
给这些家伙拿了点食物来。"罗伯特先生是个很棒
的渔夫，他总能保证"特纳的猫狗之家"有足够的
新鲜鱼块供应。他把桶放下，狗儿们围着桶美滋滋
地嗅来嗅去。狗儿的主人们赶紧拽紧手中的绳子，
罗伯特先生跟宠物诊所的接待员聊起了奥马鲁小城
的八卦。

兽医办公室的门开了，比利·维金森捧着他的
宠物鼠走了出来。它身体的一侧贴了一张大大的创
可贴。胶布周围的毛都被剃掉了，透过胶布，可以
看到它粉嫩的肌肤。我浑身战栗：杰克和我以前养
过好些老鼠，它们很乖，但是有些东西我还是受不
了。

当比利从旁边经过时，他朝我点点头。"瘤
子。"他说。我拉下脸。"必须切掉才行。"他继

续说。我退缩了一下。比利笑笑。"很大哦！"他把那只老鼠放在我面前，我赶紧用手捂住眼睛。

"鲍里斯·布莱特。"兽医朝着门外喊道。终于可以离开这里了！我端起了猫箱子，很纳闷里面一声不响的，鲍里斯会不会是因惊吓过度死掉了。比利哈哈大笑从后门出去了，而老妈和我还在等着给鲍里斯做"外科手术"呢。我再一次肯定（我早已不是第一次这么想），杰克交的朋友都很烂！我回头看着他，皱起眉头，狠狠地盯着他，但是他没有看到。他正在费劲地开着车门，他那辆车已经撞得坑坑洼洼的了。比利是他们那群人中第一个拿到驾照的，因此他觉得自己很像个男子汉。

"有什么问题？"丹尼斯·特纳问道。她的父亲克莱夫是照看大型动物的，比如给马儿灌肠、帮牛儿分娩。丹尼斯最近刚刚从兽医学校毕业回到奥马鲁，大家纷纷讨论着她可能会和谁好上。因为她长得很漂亮，所以好像有很多年轻的农夫开始陆陆

续续带着宠物去找她，他们的宠物突然就冒出问题来了。

"噢，就是给它修修指甲，洗洗牙……"老妈拍着箱子说道。里面仍然没有动静。丹尼斯翻了翻一个正面写着"布莱特"的文件夹。她打开看了看里面的内容，抬了抬眉毛，然后神情紧张地看着箱子。

"从档案来看，鲍里斯那个时候可是相当的活泼？"

"可以那么说，"老妈说，"在来这儿的路上，它显得有点儿烦躁。"

丹尼斯把耳朵凑近箱子。"嗯，可它这个时候似乎相当的安静哦，是不是？我们打开看看吧。"她撕开贴在盖子上的胶带，轻轻地打开。我们都抢着朝里面看。鲍里斯一动不动地趴在一张黑色的垫子上，它抬起头看着我们，大大的眼睛里满含着哀伤。丹尼斯松了口气，笑了笑。老妈和我退到了后面。

"你好吗，小子？"兽医用安慰的口吻说道，一只手伸进箱子里。我闭上眼睛不敢看。鲍里斯一声不吭，等我睁开眼睛时，它已经被放在桌子上了，丹尼斯紧紧地抓住它的脖子后面。它看上去可怜巴巴的。

"我会教你怎么让它乖乖地吃下驱虫片。"她用专业的口吻说道。兽医拿来一个夹衣服的塑料夹子，夹在它的颈背上。鲍里斯趴在桌子上，浑身灰白，看上去很温驯，好像被这个黄色的夹子给夹伤了。丹尼斯一边跟我们说话，一边转身找她的指甲剪。

"这不过就是——"

手术室的门打开了一条缝，鲍里斯趁着兽医开抽屉的时候，跳下桌子，等我看到这一切的时候已经太晚了。还没等我扑上去抓它，它就立起身子，像条水银一样从门缝里窜出去了，只是它比水银的

颜色更白，还毛茸茸的。丹尼斯拿着指甲剪，朝着门开的方向四处张望，老妈和我对视了一下，深深地吸了口气，就等着坏事情发生了。

"到底发生了——"接待室里传来一声吼叫。紧接着听到一声尖叫，这可不是有羽毛的鸟发出的声音，而是另一只"老鸟"——兰伯特夫人——发出的声音。"离它远点儿！"她尖声地嚷道。我听到一声巨响，接着就安静了下来，后来又听到东西散落的声音。还有狂吠声、嗥叫声，以及罗伯特先生尖刻的话语声，兰伯特夫人颤抖的声音。

老妈、兽医和我都抢着要出去看个究竟。

有三只狗在地上翻来滚去，撕扯着一块黏糊糊的鱿鱼须。谁能想得到少许的鱿鱼墨汁也能把这里搞得这么脏？它们的主人努力想把它们拽住，但是狗儿们在这个美食天堂里你抢我夺，谁都想咬到最大的一块。两只大个头的狗咬住了鱿鱼须，吉娃娃也死死地咬住鱿鱼不放，就这样拖来抢去。于是，这三只狗，从三个不同的方向，使劲地扯着这块鱿鱼，在一堆黑黑的黏液中打滚。每个人都在对着狗儿们大喊大叫，只有兰伯特夫人朝着长凳下大声尖叫。她拿起拐棍朝里面狠狠地戳过去。

我趴到地上，看见鲍里斯正蜷在椅子下面，那个黄色的夹子还夹在它的脖子上，它嘴里紧紧地叼着一团绿蓝色的羽毛；一块被鱿鱼墨汁弄脏的绣花手绢含在它嘴里，从嘴角垂了下来。伯蒂的爪子抓着手绢上的蕾丝花边。

"鲍里斯，快吐掉！"我对着它大吼。它抗拒地盯着我，一点儿也不在乎那些因争食而扭作一团的狗儿们。罗伯特先生骂这群狗儿真脏，于是，它们的主人对他齐声表示不满。

"鲍里斯，出来！"我命令道，可不管怎么叫都没用。兰伯特夫人抽噎起来，为了支援我，她手里紧紧地抓着一袋狗粮。

"走开！"我身后传来丹尼斯的声音。看到这

个小个子金发女士手里拿着工具，气势汹汹地朝着座位冲去，我闪到一边。那是一根一头套着绳索的杆子。她身手敏捷，一下子套住了鲍里斯，夹子、虎皮鹦鹉等所有的东西也都被拽了出来，统统落在黏糊糊的墨汁里。她嗖的一下就把它给拖了出来，整个儿扫进墨汁里，我觉得这就像是拿猫在拖地一样。她又猛地伸出手来捏住了它的下巴，逼它松嘴，放掉小鸟。鸟儿扑通一声掉进了墨汁里。

兰伯特夫人跑了过来，她这么大年纪了，还能跑得这么快。她用患了关节炎的手小心翼翼地抱起伯蒂。老妈把猫箱子拿了过来，轻轻地打开，递给兽医。鲍里斯被放了进去，老妈转身向她道歉。兽医板着面孔，看起来像奥马鲁的石头一样严肃。"我会把赔偿损失的费用告诉你的。"丹尼斯说，样子看起来就像是一个士兵，手里握着的捕猫工具就是她杀敌的兵器。老妈开口反对，我在一旁扯着她的衣袖。

　　我们急急忙忙地离开了手术室，这时，回头一看，场面真是糟透了——一群臭烘烘的、浑身沾满墨汁的狗狗正围着兽医，狗的主人们忙得七手八脚，渔夫怒气冲冲，伤心的老夫人手捧着掉了毛的、皮包骨头的鸟儿掩面哭泣。鲍里斯躺在猫箱子里幸福地打起了呼噜。它是布莱特家族里唯一一个可以随心所欲的家伙。我想我得吸取教训才是。

第6章

等我们回到家时，艾玛已经走了。我哥哥神气十足地在厨房里走来走去，莫名其妙地大笑着。老妈坐在厨房里的桌子旁，着手给伯蒂写张道歉卡片，她拿着笔敲着牙，想着该怎么写。我把杰克拉到花园里。

"看样子，你和敌军打得火热哦！"我责备道。

杰克把手插进裤兜里，脚后跟一踮一踮的。"这跟你有什么关系？"

"你知道这跟我有什么关系，雅各布·布莱特！你只应该和她保持友好的关系，"我说，心里一下子意识到他成功了。"我的意思是，你不应该喜欢她！"

"你怎么知道我喜欢她？"他说。

"你不会跟你不喜欢的人嘻嘻哈哈的，杰克。这一点儿也不酷。你表现得一点儿也不酷，你表现得——"

"太酷了，她邀请我去参加今晚的派对。"杰克打断我。我惊讶得不知所措。事情的变化比我的计划更快，并且都是朝着相反的方向在发展。

"要是知道你去参加烟火派对，老妈会不高兴的。"我说。

"我觉得你也想去参加吧？"杰克说，"而且……"他不情愿地补充道，"她邀请了我们全家。"

我感觉很震惊。说到人际交往圈，我们布莱特一家通常都不会被邀请的。"怎么可能呢？"

"因为她父母想了解她在和谁交往，对方的父

我要荣耀

母如何等等，她觉得你还小，要是一个人在家不懂得如何照顾自己，所以如果我们都参加的话，事情就容易多了。"

"那好吧，"我说，"我想那真是棒极了。"

事情一下就发生了转折，我一时不知所措，跑去把这个大好消息透露给老妈，顺便想想这个季节的派对该穿什么好。这其实并不难，因为我没太多可穿的衣服——有一条超短牛仔裤，上面闪光的地方不像是生产商专门设计的，更像是上学期疯狂的艺术课所留下的；还有一条沙滩裤，可惜上次去农场春游的时候，当我去逗小羊羔时，那些山羊把我的裤腿咬破了；我还有三件浅色的吊带衫，但是上面已经沾上了各样的污渍，我从里面挑了一件相对干净些的穿上。我找了条牛仔长裤，为了掩饰裤子太短的缺陷，我卷了卷裤脚，再配上脏兮兮的运动鞋，这样看上去还过得去。头发没什么好弄的，看上去虽然像稻草，但也挺有特色的，我已经尽力了。

六点半的时候，我们准备好出发。杰克往头发上抹了好些用来定型的东西，将发型搞得跟座险峰似的。老妈打扮得真得体，很有母亲的样子。我觉得她看起来苗条了点儿，但是我可没吭声，就怕我这么一夸她，她就开始患上厌食症了。我受得了皮包骨头的老妈，却受不了空荡荡的食品柜。明明知道杰克可能会在一个封闭的花园里玩烟火，老妈看上去还是很乐意去参加哈里森家的派对。他肯定为此颇费了一番口舌。

穿戴整齐，锁上后门，老妈拿上一瓶酒，我们就出发前往参加假期派对了，留下鲍里斯在花园里四处追赶那些本地的鸟儿。我们就要去尽情享受一番了。

通往哈里森家前门的小路是由五彩斑斓的企

鹅图案点缀装饰起来的，周围的混凝土里镶嵌着贝壳。路旁长了很多的蒲公英，与周围的艺术效果不是很相称。老妈敲了敲门，来开门的是艾玛。

"噢，你好，杰克！"她夸张地叫道，眼睛看着老妈和我身后的杰克。于是，杰克从我们身边挤到了前面，但是妈妈用手肘把他推到一旁，自己跨过门槛走了进去，这是奥马鲁最漂亮的街道上一栋最豪华的房子。我随后也跟了进去，向艾玛点点头打个招呼，艾玛也朝我笑笑，表示礼貌，随后我就抓住杰克的手，把他拽到后花园里。

哈里森家的豪宅坐落在山顶上，从那里可以俯瞰大海。从他们家望出去，一面是企鹅岛，另一面是港口。我们住在平地上，还从不知道这个小镇看起来这么壮观。奥马鲁过去可是淘金者的天堂，现在唯一的商机就是从游客身上榨取利益。这些游客蜂拥到历史古迹里购买艺术品和古玩，当然，还要

去观赏蓝色的小企鹅。我们在学校组织的一次夜晚郊游中看到过那些企鹅，是在前往小镇另一端的路上。你只有晚上去才看得到企鹅，因为白天它们都躲在洞穴里，不管怎样都不会出来。有一次暑假，杰克偷偷地翻过外围的栅栏，进去看到了那些企鹅，可就算拿沙丁鱼给它们吃，它们也无动于衷。他想，要是能捉只企鹅回来放在家里的浴缸里就好了。可是他当场就被抓了，那时候他正在一边从罐头里把鱼味饲料刮出来，一边模仿着海鸟的叫声引诱企鹅出来。政府严令禁止偷猎本土野生动物，杰克因此被关在主管的办公室里，直到老妈来接他，他才得以出来。老妈可一点儿也不着急。

我们跟着杰克和艾玛穿过一扇扇的法式门，来到花园。这儿已经有一百人左右了，因为这里很宽敞，人们不用挤在一起。大人们手捧香槟，笑呵呵地相互闲谈，两个身着白色衬衫、黑色长裙，腰系黑色围裙的女孩在人群中来回走动，银托盘里盛着各样小吃。其中一个女孩从我身旁走过时，我抓了两块看上去美味可口的小点心，但拿过来凑近一看，不过是里面塞有蘑菇和一种长相古怪的酱料的贝壳酥罢了。因为我讨厌吃蘑菇，所以就随手把这两个小点心扔进一个瓦盆里，盆里装着一簇造型过的灌木丛。这簇灌木丛被修剪成一个巨大的意大利通心粉的形状，只不过是绿色的罢了。

哈里森家的后花园里还有一台望远镜。孩子们排着队想要看个究竟，一位男士正在教他们如何使用，站在镜头后面应该朝哪里看。"如果你把镜头朝下，对准那里，"他说，"一直往下看，就能看到企鹅岛。找一个晴朗的夜晚，你就能把它们都看得清清楚楚！不用买门票哦！"他哈哈大笑。艾玛扯了扯哈里森先生的衬衫，他就转过身来。

"爸爸！这是——"

"杰克。"杰克说。"杰——克。"哈里森先生一边慢慢地说，一边上下打量着我哥哥。艾玛朝我老妈和我挥手，叫我们过去。

"这是杰克的妈妈。"艾玛向她爸爸介绍。

"维芙！你好，最近过得怎么样？"她父亲激动地大声说道，伸手搂住了我母亲。我惊呆了。原来他们认识。

看着他们拍着彼此的胳膊，笑着，问候着，聊着，杰克、艾玛和我都满脸困惑，搞不清楚是怎么一回事。一位女士走了过来，穿了一件看上去很昂贵的带蕾丝花边的衣服。我敢肯定，我从未在当地的百货公司看到过这件衣服。她手里握着一只酒杯，摇摇晃晃地走了过来，她脚上那双高跟鞋的鞋跟尖得可以把鳗鱼都戳穿。我想起来了，她在颁奖典礼上出现过。

"理查德，劳驾把我介绍给你的客人。"她的语气有点冷冰冰的。她丈夫松开了我老妈的手，微微地向我们挥挥手。

"哈，太好了，乔伊斯，来见见艾玛的新朋友，杰克，还有她的母亲，维维恩·布莱特。"

"还有她的妹妹，弗洛伦斯。"我高声说道。

艾玛的母亲看着我们，眼神有点恍惚。她眯起眼看着我，微微皱了皱鼻子。

"哦，你不就是那个把克拉克老师的手指砸伤的女孩吗？"她说。

"那是个意外。"我说。

"还好艾玛不喜欢制造意外，这真让我高兴，"哈里森夫人偷笑着，"我们的教员就快不够用了！"说完，她就转身不理我们，摇摇晃晃地走去添酒了。

我们面面相觑，老妈的嘴久久不能合拢。艾玛满脸通红，从漂亮的脖子到纯金色的头发发根，都

我要荣耀

变红了。她父亲看上去就像要钻进企鹅洞穴里躲起来一样。大家都一言不发，直到哈里森先生打破了难堪的沉默。

"我很抱歉，维芙。她不应该——"

"别放在心上，理查德，我在想她是不是很有压力。"老妈安慰道。

我妈妈在看到这样让人厌恶的行为后，还能保持这样的好脾气，我简直不敢相信。

"妈妈！"我抗议道，"她刚才说——"

老妈伸手使劲儿掐了掐我的肩膀。"弗洛，真的，不要生气，没什么大不了的。"我听出老妈的语气里有警告的意味。她搂着我转向另一边，我看到了一个大凉棚，里面摆着一张自助餐桌。

"走，我们去吃点东西，让杰克和艾玛说说话。"

老妈跟哈里森先生摆摆手后，就拉我去吃东西去了。哈里森先生朝我耸耸肩，笑笑，就转头回去看望远镜了。

"妈妈，"我说道，随后夹起一块鸡翅膀，"你是怎么认识艾玛的爸爸的？"

老妈笑了，"我们曾在理工学院一起读书，很多年前的事了。当时我在上文秘课程，他在接受培训打算当一名地毯工。在那些日子里，我们经常一起出去玩。直到几周前，我才知道他搬回到这里，"老妈的嘴角翘了起来，"当我在他的仓库里看——"她突然停了下来，"——地毯和别的东西时，他走了过来！我一点都没把他认出来；我认识他那阵子，他很瘦，黑色的头发留得长长的。难怪我以前从没有注意过他。"

我尝试着把眼前这个身体发福、秃头的男人和那个瘦弱、黑头发男孩儿联系起来。我似乎明白了什么。

"你，哈里森先生，一起出去？"我问道，期盼老妈给我一个否定的答案。只要想到老妈跟别人约会，我都觉得很奇怪。

"偶尔吧。"她望着远处说，一块西梅卷培根已经吃了一半了，她的脸上充满了温情。哎！该换个话题了。

"看！杰克正拿着一个十响的'小瀑布'烟花……"

老妈猛地一回头，盯着哥哥看。太好了，她又意识到自己做母亲的责任了，她走过去想看个究竟，而我一直自顾自地吃着一些没有蘑菇的馅饼。手里的乳蛋饼刚吃到一半，这时，一个熟悉的声音吓了我一跳。

"吃得很爽啊，纸板儿？"

"安卓娅！"我简直不敢相信自己的眼睛，"你在这里干什么？"

她得意地笑着，瘪着嘴，不想让牙齿露出来。看上去就像是爷爷过去养来捕猎用的猎犬。"我还想问你呢。"她一边说，一边取了半盘的酿蛋花拼盘吃起来。

"艾玛邀请了我们，"我小心地说，"是因为杰克的缘故。"

安卓娅望过去，看到杰克和艾玛正在专心致志地翻看一堆CD唱片。

她的眼睛眯了起来，又浓又粗的眉毛皱在了一起。我真想知道她在想什么。

"是托马斯邀请我过来的。"她终于说了出来。我的样子看起来一定很惊讶。"他欠我的。"她坦白告诉我。我想起了那些黑色的豆形糖果，很好奇他们之间有什么交易。现在，托马斯不管去哪儿，都要把安卓娅带上吗？她又把一整个蛋扔进嘴里，嚼了嚼。"你哥哥应该当心他身边的人，"她

说，"天知道他会惹上什么麻烦。"

我听到一阵大笑声。在杰克交往很长时间的朋友中，艾玛算是品行最端正的。那个放满了冰块的戏水池里堆满了汽水，安卓娅偷偷地跑过去取了一罐可乐。我纳闷她怎么关心起杰克和艾玛来了。安卓娅只是杰克的一个铁哥们儿，她可没有什么女人味，比起艾玛可差远了。

大约十点钟的时候，烟火表演终于开始了。女人和孩子们被要求退到后面去，我觉得这太不公平了。一玩起火来，大多数成年男子就又变成了男孩子。要知道，让男孩子跟烟火待在一起是极其危险的，特别是像杰克和肖恩那样的男孩。烟火燃放就像是大型的户外烤肉，而烤肉这种活儿也是不允许女人们参与的。为了一年一度的圣诞节，我送给爸爸一个特殊的烤肉工具。它可以将所有的食物切片、切块、翻动和转动。可惜爸爸把所有的食物都烤焦了。当我闻到一股烤盘被点燃的味道时，我就想起了爸爸烤的鸡腿的味道，外皮都烤焦了，里面却还是生的。

"好了，各位，"哈里森先生命令道，手里握着一根长长的烛芯，"我已经把这些放好了，按顺序燃放，从燃放'轮转'烟火开始。等表演结束时，我们会把小烟花棒分发给大家，之后，乔伊斯会在大家回家之前拿出茶和咖啡请大家喝。"

我们都望着哈里森夫人，她累得瘫在太阳椅上，看来茶和咖啡是喝不到了。

哈里森夫人朝托马斯点点头，托马斯是艾玛的表弟，是个体育爱好者。托马斯点燃了烛芯，烛芯是跟柱子上的烟火引线连在一起。哈里森先生往后退了一大步，同时对艾玛打了个响指。随即，她按下了CD播放机的播放键，皇后乐队那首动感活泼的和弦《我们是冠军》在奥马鲁的夜空中响起，"轮

转"烟火疯狂地旋转了起来，五光十色的火花点亮了漆黑的夜空。

烟火一个接一个地燃了起来。夜空中不时有十个或者更多的烟火在齐声绽放。每当有一出璀璨的烟火升上夜空，爸爸妈妈们都会为之欢呼雀跃，小孩子们则躲在他们父母的夹克衫里，紧紧地将头贴在父母的胸口上。我想要表现得若无其事的样子，但是，随着我们头顶上空一声炸响，一阵绚烂的花瓣雨倾盆而下，我兴奋得大叫了起来。更让我惊喜不已的是，夜空中画出三个闪亮的巨大心形，冲天火箭在它们周围纷纷炸开。

音响里大声地播放着老摇滚乐手艾利斯·库珀的《学校放暑假了》，我看了一眼杰克，以为他正在计算着头顶的爆炸声，粗野的眼神里充满了对烟火的狂热。但是最奇怪的事情是，他一直看着艾玛，她正兴奋得战栗。他看上去一副含情脉脉的样子，和刚才老妈谈起年轻时的哈里森先生的那种表情有点像。杰克的心根本就没放在烟火上。哦，不会吧，我那哥哥特爱玩火，现在真的在玩火自焚了。

过了一会儿，表演结束了，我们点燃手中的小烟花棒，在空中舞动着，在漆黑的夜空里划出我们的名字。杰克写下了艾玛的名字"Emma"，但是他无意中漏写了一个字母m，看起来就像是鸸鹋"Emu"。女招待端着咖啡和小巧美味的手工巧克力在人群中走来走去，老妈和哈里森先生闲聊着。这里没有羊肉馅饼，这里的东西都是有档次的。我觉得好快乐啊。今晚的一切都是那么棒，比我以前参加过的任何一个聚会都棒。现在我知道为什么大家都拼命地想成为被邀请的对象了。不管你们对哈里森一家有什么想法，他们对搞派对的确很在行。

我的小烟花棒燃得只剩下最后一点点了，嘴里

我要荣耀

的巧克力差不多也化掉了，这时，我听见了咝咝咝的声音。我四处张望，以为会看到一只猫正在和一只负鼠僵持不下，可是这里什么动物也没有。我用眼角的余光扫到了一样东西，几乎就在我身后，我转过身，看到一根长长的引火线，正沿着一簇灌木丛在燃烧，这灌木丛看起来就像是意大利通心粉似的，之前我刚来的时候，还把蘑菇馅饼扔了进去。

"当心！"我大叫一声，向后一跳，闪到一边，情急之中抓住了哈里森夫人。她张大嘴巴尖叫，突然，我听见一声震耳欲聋的巨响，从天上落下来一片片烧焦的叶子和些许小树枝。

那个螺旋形的灌木丛笼罩在浓密的烟雾中，它可是经过精心修剪和造型出来的。烟雾随着凉爽的夜晚空气渐渐散去，我们看到了灌木丛被破坏后的样子。

"我的心血！"哈里森夫人尖叫着扑向那盆烧

焦的树枝，"我花了好多年才把它弄成这样啊！"她一边哭诉，一边伸手去抓那堆已经被烧成木炭渣的树枝。然后，她在蕾丝裙上蹭了蹭手，上面立刻留下了两道烟灰痕迹。大家都安静了下来，不知道说什么才好。艾玛朝她妈妈走了过去，拍拍她的背。

"好了，妈妈，你的裙子都搞脏了。"哈里森夫人一把将艾玛的手甩开，颤抖地拿着一片没有被烧到的叶子给她看。"我知道这是谁干的！"她对着自己的女儿大吼，"就是因为你带那个男孩到这里来，别再说了。"哈里森夫人直冲着杰克走过去，瞪着杰克。"你这个纵火狂，赶紧离开我的家！"她低声呵斥道。

老妈稳了稳情绪，走向哈里森夫人。"不好意思，你不能那样对我儿子说话。"她说。

"老妈，没关系，我受得了。"杰克开口说

我要荣耀

道，然后他低下头，以示对艾玛母亲的尊敬。倒霉的是，他头上一撮涂满发胶而竖起来的头发戳到了哈里森夫人的眼睛，她又大声尖叫了起来。

"带着你的孩子们，离开我的家，维维恩·布莱特！"她大声嚷道，一只手紧紧地捂住那只受伤的眼睛。

哈里森先生一边向我们道歉，一边试图把他妻子拉回到屋里。老妈一手抓杰克，一手抓我，拖着我们朝前门走去。

"我会给你发短信。"杰克转身说，但是艾玛一直在哭，没有听见杰克的话。

当我们走出前门，朝着车子的方向走去时，老妈停了下来，转头对杰克说："告诉我，雅各布·布莱特，是不是你炸掉那个灌木的？到底跟你有没有关系？"

"不，没有！"他坚称。杰克看上去愤愤不

平。我觉得他说的有可能是真的。

回家的路上，杰克坚持说他是无辜的。这时，我想起了两件事情。哈里森夫人戴了一条很精美的项链，看上去和她身上那件蕾丝裙很搭配。这条项链和老妈放在柜子顶层的那条项链一模一样。此外，当我们要离开的时候，我透过客厅窗户看到了安卓娅。她的脸上挂着微笑，手上正在把玩着什么东西。直到我看见闪烁的火光时，我才知道那是什么——一个带柄的烧烤用的红色打火器，就是用来点燃引火线的那种。

第7章

周日过得极其痛苦。老妈没怎么说话，但是打扫房屋的声音可真是吵人。原来只要你肯用力地按喷水壶阀门，它的声音可以大得让你惊讶。一般情况下，老妈只有在心情不好的时候，才会花很多时间来做清洁，经过她整理的地方都会变得焕然一新。我不知道她这么气愤的原因，是因为杰克？哈里森夫人？我？还是我们三个？看见她用吸尘器吸嘴粗鲁地将鲍里斯推下沙发，还差点儿把它吸了进去时，我抗议道："喂，它又没惹你！"

老妈气愤地瞪着我，双手撑在屁股上。"它碍路了。你们都碍了。"

那似乎真的很不公平，我真的这样认为。

"不好意思，弗洛伦斯，我不是那个意思，

真的。我只是觉得，有时候，不管我多么努力地整理东西，你们这两个孩子中总会有一个要把它搞乱。"

我真的不懂她想说什么。昨晚，我们俩什么也没做，可是事情已经发生了，并且我很清楚是谁干的。

我很好奇老妈为什么会这么在乎，反正我们再也不会被邀请去参加哈里森家的圣诞晚会了。

"那个灌木真的花了艾玛的妈妈很多年的心血吗？"

"我想是的，花了她不少的力气，"老妈说，"难怪她这么沮丧。"

"可它看起来就像个巨大的螺旋形绿色大便。"我说。

老妈看着我，嘴巴都张大了，手里握着个吸尘器软管。随即，她大笑起来，这真是世界上最美的声音。"说得对，弗洛，说得真形象！一个超大的

125

弯弯曲曲的大便！”她扑哧一笑。

"可能是恐龙拉的。"我补充道。我们都禁不住笑了起来，笑得像两个小孩子一样，捂着肚子，一想到蛇颈龙在哈里森家的花园里四处践踏，拉出一堆一堆的大便，我们笑得眼泪都流了出来。

"可能是杰克的功劳哦。"老妈喘着气说。

"不是杰克，妈妈。他没有那样做！"我反对。

"哦，那是谁？"我不能告诉她我怀疑是安卓娅去点燃了引火线，她毕竟是杰克的朋友，杰克会被认为是同谋的。我赶快换了个话题。

"想起来，哈里森夫人戴的那条项链真是不错。"

老妈停止了大笑，若无其事地说："哦，你真的这么想？"

"是的，"我说，"我想知道她是从哪儿弄来的？"

"噢，是艾玛的爸爸进口回来的。你只有在仓库才能买得到。要是拿去商店卖的话，要卖很高的价钱。"老妈说。她又打开了吸尘器，快乐的时刻就这样过去了，于是，我把蜷缩在咖啡桌下面的鲍里斯拽了出来，上楼去了。我要到博客上去写点东西。

星期日：荣耀计划第三天

事情似乎都没按计划进行。花花公子和公主成了一对，不幸的是，一块大便爆炸了，他被禁止进入她的城堡。我不知道这会对我最终的计划有什么影响，但是或许这会助我一臂之力。他们可能会团结起来，组成一支顽强的战斗小组，和掌权者（公主的母亲）战斗，这下，要让他们内部对立起来就很难了。

同时，"要人唯命是从"（否则你的脸都要被打烂）的金刚皇后控制了公主的表弟，就是那只水母。

　　我母亲也落入了某人的掌控中，她竟然和公主的父亲在一起！看她涂那么多的指甲油，每天把头发拉得直直的，我不得已下了一个可怕的结论……

　　我停顿了片刻。几乎写不下去了。

　　她爱上了我们的敌人。

　　我终于写了下来。要是老妈真的在偷偷幽会怎么办？如果这是千真万确的，我也会禁不住喝酒的，我已经到了可以买酒的合法年龄。接下来就是离婚、卖房子、搬新家以及组合一个可怕的家庭，这听起来就像是一杯浓浓的水果奶茶，但是味道一点也不柔滑。我甚至可能要和艾玛住在一个房间里。我简直想都不敢想。

　　最近，公主获的奖实在是太多了，实在该留些机会给别人，不过她别想连我妈妈的爱也抢走！

我不想再去想了。我什么也不想考虑。于是，我决定给娜塔莎打个电话，看看她生病的小马恢复得怎么样了。

"喂，娜，最近怎么样？"她一拿起话筒，我就说。

"很好，谢谢你，"她回答，我觉得她的态度相当的冷淡。

"鲍勃好吗？"我问道。

安静了片刻，我听到轻轻的抽鼻声。"它正在恢复中。"

天哪，她怎么了？

我怀疑她是不是跟人打架了，她的声音听起来好奇怪。我不停地说，努力想使她笑起来，但是她还是那么的冷漠和不友好。

"娜塔莎，你怎么了？"我终于问道。

"没有什么是一个好朋友不能安慰的。"她回答。

我要荣耀

"我在努力啊，但是，坦白说，我不知道你到底怎么了。"

"我说的是一个'好朋友'，而不是一个会去和敌人开派对的朋友，"她生气地说。天啊，消息在奥马鲁传得真快。

"你怎么知道的？"我问道，我知道，在这个镇上，你抠完鼻孔后还没来得及拿卫生纸擦干净，消息就已经传遍整个小镇了。

"噢，很显然，每个人都去了。重要的人，不重要的人都去了，"她鄙夷地说，"除了我。"

"根本不是那样的，"我努力解释。"是杰克让我们去的，因为他和艾玛好上了，而且……"

"你哥哥和艾玛·哈里森？饶了我吧，弗洛，谎话也要编得像一点，"然后她挂断了电话。娜塔莎挂了电话！挂了我的电话！我可是她最好的朋友。听见手里的电话嘟嘟嘟地响着，我知道，电话另一端的那个人可能再也不会跟我讲话了。

"噢，娜，"我对着电话自言自语道，同时把电话放回到基座上，"你完全误会了。但是，不要担心，我会让你明白的。我会让你去演那只天鹅的！"

我思索着自己是否还能把这个计划进行下去，每一件事是否会进行得很顺利，暑假里还能否过得舒心。

芭蕾舞独奏会明天就要开始了，所以我没有足够的时间来设计一个合适的计划。杰克和艾玛一整天都在互发短信，所以我没办法让他去搭建个什么不牢靠的架子来伤害他心爱的人。我不得不另想办法把她挤出局，让娜塔莎来演主角。我想了各种可能性：扭伤脚踝？使用直发器时出现了不幸的发型危机？对舞台妆突然过敏？

无论哪种方法看起来都不太可行。我摸了摸鲍里斯，它向我龇着尖牙，好像在说："我爱你，好爱你，爱你爱到吃掉你。"我们这里没人敢惹鲍里

斯，连兽医对付它时也得格外小心。它可不是什么
温驯的小猫咪。我想起那天，它在宠物诊所为抓住
一只虎皮鹦鹉大闹一番的情景，心里泛起一丝小小
的得意。

突然，我有了个主意！要是杰克不愿意伤害这
只领舞天鹅，我倒是相当确定我的猫能助我一臂之
力。当然，这一切看起来会像一场意外。有谁会知
道要是偷偷藏一只麻雀在剧场后台，会在芭蕾舞演
出前引起怎样的一场风波呢？我把鲍里斯抱起来，
脸凑在它跟前，"宝贝儿，你快有新的职业了——
那就是当一只剧场里的猫！"

鲍里斯深情地"喵呜"一声，轻轻地咬了咬
我。

在短时间里找到一只小巧温驯的鸟儿可不容
易。我握着捕蝶网在花园里跑来跑去，在树丛里拍
拍打打。杰克看到了我。

"干吗呢？"他问。我把缠在捕蝶网手柄上的

柘萝扯开，以前这里种的是四翅槐树，不过已经枯死了。

"捉点儿蛾子喂我的蜥蜴。"我说。

"可你的蜥蜴三个月前就死了。"

他说得没错。我灵机一动，说："就是捉来拿去给另一个世界的它，这样它就不会挨饿了。古埃及人都是这么做的。"

"随便你啦……不过，等天黑了捉起来会容易些。"杰克说。

"是啊，不过我等不到晚上了，我要去看芭蕾舞表演，就是娜塔莎和艾玛都参加的那个表演。"

"哦，对了，那个表演。"

"你也去吗？"我问。他的手机突然响了起来，像牛在"哞哞"叫。他从口袋里掏出手机，打开来，一边盯着屏幕，一边用拇指飞快地按键。他平常走路的姿势老让人想起懒惰的大猩猩，没想到操作起手机键盘来还真是灵活。

"那么，你去吗？"我又问了一次。

"算了，我去了不好。"

他朝屋里走去，他的手机又响了起来。他只顾忙着发短信，没注意到我身边放的那只鞋盒，更没发现盒盖上戳了许多孔。这些孔对蛾子来说也太大了。

我设了个圈套，在地上铺了一些亚麻花，旁边放了各种各样的水果干，还有和着蜂蜜的面包屑。两个小时之后，我终于捕到一只战利品。当时来了两只鸟儿，拍打着翅膀围着亚麻花飞来飞去。我一动不动，大气也不敢出，生怕把它们吓跑了。正当它们看起来似乎要飞走的时候，我猛地将网往亚麻花上一罩，捕到了其中的一只。其实这只鸟并不是我最想要的。我原本只想捉一只最最普通的鸟儿，可落入网里的竟是一只珍贵的扇尾鸽！我心里不太舒服。这种鸟是新西兰本地鸟。最近社区总是张贴着一些宣传海报，说家猫会伤害扇尾鸽，劝诫大家晚上最好别把家猫放出来，好给本地鸟儿一条活路。

我将这只毛茸茸的鸟儿握在手里，感觉它全身都在颤抖。它看起来吓得不轻，呼吸都挺困难。我心一软，差点儿将它放走。这时，厨房传来了老妈的声音，叫我去吃晚饭。我在院子里等了那么久才捉到它，而且我必须给鲍里斯找个诱饵，所以我最终没有放走它。猫都知道扇尾鸽很美味，肯定会向它发起进攻；同时，我会确保猫不会伤害它。我过去可是常常掰开鲍里斯的尖牙，从它口中救出各种小动物。于是，我将鸟儿小心翼翼地放入垫着纸巾的鞋盒里，盖上盒盖，把它夹在腋下。

"别怕，小乖鸟，"我说，一边轻轻拍了拍盒子，"我不会让鲍里斯伤害你的。"

吃过晚饭，老妈开车把我送到了剧院，芭蕾剧就在这儿表演。我妈对芭蕾没什么兴趣，而且今晚她似乎急于摆脱我。她的头发梳得蓬松松的，穿了

件新上衣，上面的装饰物亮闪闪的。

剧院外面，那些表演芭蕾舞的女孩儿们的妈妈围成了一圈儿。她们大多又专横，又爱管事儿。此刻，正一边对她们那些瘦得跟竹竿似的女儿推推搡搡，一边在芭蕾舞袋子里翻来找去。这些袋子就像是运动员用的装东西的袋子，只不过通通是粉红色的，里面装满了女孩儿们今晚表演需要用的小东西：梳子、发胶、橡皮筋、发夹、发网，有的还以防万一，装了头发。哦，确切地说，应该是假发——这种东西可以别到脑袋上，让头发又短又稀的女孩也能顶着一头又长又黑的头发。假发会被盘起来，用七十个稀奇古怪的夹子从各个方向固定在脑后。我以前就亲眼看过娜塔莎的妈妈在她头上表演这种恐怖的头发造型，而更让我感到惊悚的是娜塔莎的头发被扯得那么紧，她竟然还能向后挑动眉毛。她跟我说一点儿也不疼，我可不太相信，她眨眼的时候眼里还闪着泪光，我想她一定很疼。芭蕾舞袋里装满了必需的发饰、化妆品和鞋袜。穿戴上这些东西可真够折磨人的。我也从后备厢里提出两个我自个儿的袋子。

"里面是什么？"老妈疑心地问。"呃，就是些娜塔莎需要的东西，零食什么的。"我说。

其中一个袋子蠕动了一下。"拜，妈！"我跟她飞快地道别，袋子里传出"喵"的一声。

老妈开着车走了。真幸运！她脑子里似乎还有更重要的事。鲍里斯在我包里憋得难受，开始动来动去的。我把装鸟的盒子放在超市购物袋里，盒子里倒是出奇的安静。我可不希望盒里的小家伙被吓死了。

剧院后台里挤满了穿着芭蕾舞裙的孩子们，乱哄哄的。不过我对这家剧院可熟悉了，因为学校在这里演出时我通常负责照明。

各种道具斜堆在墙边，一个假的装饰用的门廊上，放置着维多利亚女王的半身像，仿佛在阅兵似

的。这尊塑像很大，非常精美，是我们当地一个擅长制作面具的杰出艺术家的得意之作。显然，贝琳达·史密斯老师成功地说服了这位艺术家，为这次演出制作天鹅面具。而且，我敢说，她答应帮忙的时候，绝不会想到这一做就是四十个。这些面具摆在架子上，像一个个的幽灵，突着尖尖的鹅嘴，伸着毛乎乎的头，眼睛里空洞洞的。我相信演出时它们看起来一定很出彩，不过此刻它们只会让我觉得毛骨悚然。

"你在这儿干吗？"一个声音从后面传来。

我转过身。娜塔莎正穿着她的灰色紧身衣，一串人造常春藤缠在她的一条腿上。

"我想来给你打打气，捧捧场。"

"我很好，谢谢你。你不该来后台。"

"哦，好的，我只想进来祝你好运。"

娜塔莎厌恶地甩了甩手，说："哦，多谢了。祝我好运——你知道吗——就等于给我死亡之吻，反而让我倒霉。你应该说'愿你断腿',反话反而能带来好运。"

我真不明白,谁干吗没事儿在表演前咒人家摔断腿呢?除非咒的那个人是艾玛。

"你们的领头鹅在哪儿?"我问,一边把袋子藏在身后。幸亏后台的小姑娘们兴奋地叫着闹着,没人听到鲍里斯哀怨的喵呜声。

"可能在她的更衣室吧,"娜塔莎说,依然对我冷冷的,"她自己有个专属房间,你知道的。"

这倒使我更容易找到她,也使我更容易实行我的"猫鸟大转移"。

我也不确定结果到底会怎样,但我想,要是闹得一片混乱的话,说不定艾玛会跌一跤,或着实被吓一跳什么的。

这个计划并不够周全,不过我也只能想到这样了,再说杰克这家伙又不肯帮忙。

我没想到自己会把娜塔莎惹得那么不高兴。

我朝更衣室走去。有一间门上有颗星星，我猜这间一定是艾玛的。我站在门口，小心翼翼地从袋子里取出鞋盒，拿到耳朵边听了听，没动静，也没有唧唧的声音。它要是真死了可怎么办？要是这样，就没必要让鲍里斯出场了。我扯开盒盖上的胶带，轻轻地掀起一角。从细缝里斜眼瞅了瞅，什么也看不见。我又把盒盖掀开了一点点，看到一个长满羽毛的东西，不过它一动也不动。惊慌之中，我一把揭开盒盖，看到这只扇尾鸽僵直地躺在那儿。

"哦，不。"我倒吸一口气，晃了晃盒子。它的头微微动了动，说时迟，那时快，它拍拍翅膀，像箭一般射了出去，飞出了盒子，直冲到照明网上，扑打着翅膀，欢快地啾啾叫着。

"怎么回事？"娜塔莎的妈妈碧琶正朝着这间门上有星星的更衣室走来。她一手捏着眉笔，一手拿着粉底霜。

扇尾鸽在照明网周围窜来窜去，然后朝着碧琶一个俯冲，差点儿没撞上她。又围着两个女孩儿飞来飞去，吓得她们高声尖叫，恐惧地乱挥着手臂。这倒激得鸟儿翅膀扑打得更厉害了。大家不再涂口红，都停了下来。个子高些的女孩跑着赶逐鸟儿，她们的脚上穿着尖头的芭蕾舞鞋，脑后拖着长长的飘散的发带。扇尾鸽啾啾地叫着，在吊灯和吊饰中横冲直撞。在它下面，四十个跳芭蕾舞的女孩儿们和她们的妈妈们挥舞着手臂，冲它大喊大叫。可怜的小东西可给吓坏了。我觉得在这个时候不适合让鲍里斯现身，我可不希望全部小演员最后都缠上绷带。碧琶从舞台幕帘后拿起一把扫帚，将它举过头顶，朝着小东西使劲儿挥舞，打算把它给戳赶出去。

"下来，你这个臭畜生！"她尖声叫着。我觉得这么骂不合适，毕竟它是一只鸟，不属于畜类，再说它一点儿也不臭。不过碧琶的洁癖可不是一般级别的。扇尾鸽尖声叫着，从它安全的栖身之

141

处——巨大的蓝色滤光器上一跃而起，直冲向角落处的那堆道具。一大群女孩儿紧跟在后面使劲儿追。鸟儿绕着维多利亚雕像飞了几圈儿，停在了女王陛下的头上。

"小鸟——小鸟——小鸟——"女孩儿们叽叽喳喳地喊着。受惊的扇尾鸽啾啾叫着，在雕像头上跳来跳去。

"快下来，快下来。"女孩儿们拼命喊着。鸟儿昂着头，对着下面一大群人尖声叫着。"快下来，小鸟！"一群女孩儿同声叫着，挥舞着手臂。这一来，把鸟儿吓得往后跳了几步。

小鸟把尾巴上的羽毛抖成漂亮的扇形，又将它收起来，然后对着摆满天鹅面具的置物架冲了下去。

"这小东西到底是怎么进来的？"一个低沉而洪亮的声音问道。他是鲍拉·道格拉斯，杰克的橄榄球教练。他把手搭在他小儿子塔玛的肩上。塔玛是全剧团唯一的男孩。他站在那儿，穿着黑色紧身裤，上身套着银线织成的衬衫。他看起来瘦瘦小小的，显得非常害怕。他指着扇尾鸽，大声而清脆地问："爸爸，是不是有人要死了？"

后台顿时鸦雀无声。鲍拉忧郁地摇了摇头，然后，又点了点头。"扇尾鸽，"他叹了口气，"唉……"

扇尾鸽还在啾啾叫着，显得烦躁不安，并不知道自己有着预言生死的神秘力量。它站在一个比其他的稍大一点儿的面具上，将尾巴抖开又合拢。这张面具上有着金色的装饰物，鹅嘴上还嵌着仿真珠宝。

"那张是天鹅公主戴的。"一个小演员说。大家都不安地彼此对视着。鸟儿发出轻轻的"吱吱"声，在面具上安静地坐了下来。

舞台那边响起一阵脚步声，贝琳达·史密斯老师穿着她的冬靴大步走了过来，然后大声地拍起

手来。

"姑娘们！"她厉声说道，"我们遇到点儿麻烦。我们的领舞——艾玛·哈里森不见了。"

听到这话，我差点儿晕了过去。

第8章

这天晚上就像一场噩梦。不光艾玛人不见了，连她表演时要穿的芭蕾短裙、天鹅翅膀、银色芭蕾舞鞋，所有东西也全都不见了踪影——除了这张面具。她妈妈打来电话说她离家出走了，并说一定会把她找回来。贝琳达·史密斯老师并不希望因此而取消今晚的演出，也不想让大家扫兴——更不用说还要保证学校的演出票房——所以她决定一切照原计划进行。他们为临时选定的新的领舞匆匆忙忙赶制了一套表演服。衣服是由两件旧的缝制起来的，做翅膀时用了八号线、丝网，还有一把喷胶枪。詹妮·杨穿着它，看上去很不错。

节目单是没法改了，封面上还印着艾玛的照片。不过史密斯老师在幕布拉开前给大家做了个说

145

明，为临时的表演变更向大家致歉。关于艾玛，她什么也没说，只说她今晚无法演出。开场音乐响起，所有舞者们都在厚重的天鹅绒大幕后各就各位。这时，扇尾鸽突然叫了一声，拍打着翅膀，一飞，就不见了。真的，就一眨眼的工夫，它就没影儿了。

我只得提着藏着鲍里斯的袋子偷偷溜到观众席中很靠后的座位，坐下来观看演出。我别无选择，老妈要等会儿才来接我，除此之外，我没别的办法回家。

坐在那儿太难受了。真担心我的所作所为会真的伤害到艾玛，我可不希望因为扇尾鸽而使毛利人的古老诅咒降在她身上。她是新西兰白种人，我也是。所以也许这个诅咒对我们不会灵验。可是我们俩都是在新西兰本地出生的，所以这个诅咒也可能会灵验。

看演出的时候，我的背包里不时地蠕动，还传出阵阵嗥叫。邻座的人都不满地看着我，好像这声音是我发出来的似的。我不能告诉大家我包里藏着一只"猫王"——他们会把我交给动物保护协会。我拉开背包拉链，露出一个角，让鲍里斯透透气。它粉红的鼻头从缝里伸了出来，使劲儿呼吸着我脚边的空气，这空气可真算不上新鲜。

这似乎是我看过的最长的芭蕾舞剧。整场演出我一直在担心，自己可能永远地伤害了艾玛，也可能永远地伤害了鲍里斯。台上，娜塔莎自始至终就那么站着，伸直了手臂，跟另一个全身灰衣的女孩手搭着手，做成一个固定的拱门，好让天鹅公主和她的王子在其间翩翩起舞。

老妈终于来接我了。我跳进车里，拉开背包拉链，把鲍里斯放了出来。它一跃跳上了搁物板，一屁股坐了下来，满脸怒气地瞪着我。

"谁让你把它给带来了？"老妈责备我。此刻，我可没心情跟她解释。

"它也需要文化熏陶嘛，好了，不说了。"我疲惫不堪地回答。

还真奇怪。老妈没再像往常一样穷追猛打地逼问，就那么放过了我。通常，我的行为都逃不过老妈的鹰眼，接下来就是一顿严厉的盘问。不过，今天她好像特别高兴，也特别兴奋，老想跟我聊天。可是我一点儿也没心情，于是她没再说话。我现在只想冲上楼去，把门关上，想办法忘掉今天晚上所有的一切。

星期二："荣耀计划"第五天

我想我做得有些过头了。昨天我干了坏事，现在正为自己的行为后悔不已。由于公主突然（及时）消失，主角换了别人来演。不过主角并不是我的好朋友独角兽。我的努力全都白费了。显然，演拱门的没资格代演天鹅，所以主角按次序由一个资历更高的女孩儿代演了。独角兽虽然只是演一个支撑物，可是她完成得很出色，只是看起来有点不安和担心，其他小演员也是这样。只有新选的主演乐得眉开眼笑，怎么看都不像一只垂死的天鹅。

我现在进退两难。就因为我成功地捕到一只不祥之鸟，可能会引起一连串我无法扭转的事情。

我停止了打字，懒洋洋地摸了摸鲍里斯。它已经从昨天的"背包之旅"中恢复过来，似乎原谅了我，不过还真不好说。上一秒它可能还在亲热地吻你，下一秒你可能就会发现鞋子里臭烘烘的，它可是出了名的有仇必报。

叮！

一条评论出现在我的博客上，这可是头一次。奇怪的是，我从没跟任何认识的人提过我在写博客。除非是会上网的人，否则不会有人知道我的"荣耀计划"。

这么说是你害了她？

　　我的心跳差点儿没停，我发誓，整整一分钟都没缓过气来。这条对我的指控赫然出现在屏幕上，对方用的是匿名。我退出博客，关掉了电脑。我只有选择不看它，才能假装它不存在。

　　"纸板儿，电话！"

　　杰克在楼下大声喊。我走进老妈的房间，拿起了无线电话。"喂？"

　　"嗨，弗洛，是我。"电话那头是娜塔莎，"我想谢谢你昨晚来看我演出。"我有点吃惊，我还以为她还没消气呢。"我很抱歉，昨天对你乱发脾气，我现在没事儿了。"

　　听她这么说，我很开心，要知道，没个朋友一起到处玩，这么长的暑假可怎么熬啊。"你要是想来，妈妈说她今天带咱俩去海滩。"

　　整个奥马鲁，就只有一个海滩值得去玩儿，那

150

就是全日海湾。要是没车，去那么远的地方可不容易。老妈圣诞节前才会放假，所以她不可能带我和杰克出去玩。我只能一周七天，一天二十四小时地跟杰克待在一起。因为老妈不在，他就是我的法定监护人。这可真让人绝望，还好娜塔莎来了电话，她的邀约简直就是雪中送炭。

"真是太棒了！我这就去收拾衣服，半小时后就到你家。"我说。我把电话放回去，就在这时，我看见了一张名片，从电话机座下冒了出来。我把它抽了出来。

理查德·哈里森
上等毛皮地毯与珠宝进口商

名片背面是妈妈写的字。那是一个手机号码，跟名片正面印的号码不一样，号码旁还画了颗小小的心。难道哈里森先生还有个秘密电话？难道我妈

就是用这个号码跟她的前男友（也可能是我未来的继父）卿卿我我？难道这也是那只扇尾鸽带给我的诅咒——和他成为一家人？

我把名片放进口袋里。不行，老妈会发现的。于是，我在她床头柜的抽屉里找了支笔，把号码抄在了银行自动取款机的打印存根的背面，这样的存根老妈有很多，每张都是赤字。我小心翼翼地将名片放回它原来的位置，然后将那张存根条塞进了短裤兜里。

我太需要这趟海滩之旅来放松放松了。突然间我乐观起来，也许是我过度担心了。说不定昨晚艾玛是和杰克去哪儿玩了；扇尾鸽的诅咒不过是古老的毛利人的神话而已；说不定等我回家时，一切都恢复如常了。她可能就在我家厨房，边吃冰淇淋，边和我哥打情骂俏呢。这样，我就可以因她那么完美而继续恨她。只要不让我跟她成为再婚家庭中的姐妹，我就什么也不怕。

十分钟后，我提着装有衣服、浴巾和防晒霜的超市购物袋，打开门，准备出发。这时，杰克从门后探出头来。

"嘿，纸板儿，你有没有艾玛的消息？"

"没有，我怎么知道？"我说。

"哦，从昨天起我就没收到过她的短信了。"

"可能是她的手机欠费了。""不，她参加了话费活动，她爸爸付过钱了，不可能欠费。对了，她昨晚的表演怎么样？"

我听得一阵发冷。他竟然不知道昨晚她没来。

"她没来表演，"我说，"她妈妈打来电话说她不知道跑哪儿去了，我还以为她跟你在一起。最后临时让杨先生的女儿代替她领舞。"

杰克的嘴张得老大。"哦，这下可糟了！"他缓缓地说道，皱起了眉头。

"怎么了，杰克？"

"我不知道，也许没什么事儿，也许……"

真不知道他在说什么，之前的恐惧再次向我袭来。

"她出了什么事儿吗？"

"不，不，别担心。"

"杰克？"

"我说了不用担心。快走吧！"

我出了门，担心极了，一路来到娜塔莎的家。

我和娜塔莎躺在满是沙砾的斜坡上，斜坡四周长着沙丘灌木和海草。我们躺的地方很隐蔽，也吹不到风。海风吹着我们头顶上浅黄色的托叶草；巨大的羽毛形的金黄色叶子在深蓝的天空下随风摇摆。一朵白云慢悠悠地从我们头顶飘过。起先看起来像只白兔，后来变成宇宙飞船的样子，再后来裂成了五个棉花球。

我深深吸了口气，把脸埋在沙滩垫里。这是我花三块钱从两元店里买的。我早该知道这种垫子值

我要荣耀

不了一块钱，生活总是充斥着虚假广告。我闭上双眼，听着海浪拍岸的声音，想象着自己正置身在斐济的金色海滩上。

一阵吵闹打扰了我的兴致。远处，有个小孩儿正尖叫着抱怨冰淇淋上沾了沙子。一边舔，一边咬，一边嘀嘀咕咕。生活必备小常识第一条：千万不要带湿湿软软的食物到海边，薯片还行，别的还是算了吧。娜塔莎在旁边絮絮叨叨说着某个聊天网站，简直快把我给催眠了。海浪声声拍岸，阳光暖暖地晒在我后背上，阵阵困意向我袭来。周围有鸟儿轻拍翅膀的声音，这让我更加睡意蒙眬。你知道，就是那种半梦半醒的状态。这种状态下，一切都那么不真实，而一切又都那么真实。

我突然醒了过来，腮边挂着口水。呃，真恶心！我抬起沉沉的手臂，擦了擦口水，斜着眼瞄看沙蚤沿着我的鼻沟轻轻跳着。在我视线右边，有个什么东西从沙子里伸了出来。我捡起一枚贝壳，瞄准了那个东西。

"娜塔莎，把你的臭脚拿开。"娜塔莎没反应。贝壳打在目标上，掉了下来。我拾起一块细细的浮木，无聊地在沙子上画着。我用小棍儿来回画着，在沙滩上画出一对儿翅膀。

"你穿着鞋晒太阳，脚上会留下晒痕的。"我说着，又轻轻闭上了眼睛，打算重返美梦。一只海鸥从头上盘旋而过。

"我以为你今天把人字拖穿来了……"我闲得无聊，用小棍儿戳了戳她的脚。这只脚摆在我面前，一动不动。

"你又在做梦了吧，弗洛？"我后面传来一个声音。说话的人像条落水狗，抖着身上的海水。冰凉的水滴落在我背上，我尖叫起来，这感觉就像水滴在了烤盘上。我朝四周看了看。娜塔莎正站在我右边，湿漉漉的双脚上沾满了银白色的细沙。我拼命让自己清醒过来。我抓住她的一只脚，把沙子抹了下来。她赤裸着双脚，涂着荧光粉的指甲油。

　　我不情愿地将头转向刚才扔贝壳的地方，死死地盯着沙子里露出的银色芭蕾舞鞋鞋底。不远处，沙丘草中飘动着薄纱衣，一只亮闪闪的翅膀以一个奇怪的角度伸了出来。它随着微风上下起伏，无力地拍打着一根浮木，仿佛一只夏日的天鹅在痛苦地挣扎着。我张开嘴，惊呼起来。

　　碧琶闻声跑了过来，我还抓着娜塔莎的脚。

　　"妈！妈！"娜塔莎哭着说，"是艾玛！"

　　我们俩抽泣着，不敢看那个尸体。那是我们的同班同学，同时也是我们的敌人，差点儿还成了我的姐姐。烈日炎炎，真不知道她变成了什么样。一只海鸥飞了下来，落在短裙上啄食，我们又惊叫了起来。

　　"孩子们，冷静。"碧琶厉声说道。要我们冷静，还不如让我们解数学方程式呢！在这种情况下怎么冷静？她捡起一根长棍，朝着那堆东西走了过去，在它旁边站了一会儿，拿棍子朝它使劲儿一戳。我和娜塔莎完全吓呆了，看着她妈妈晃动着棍子，然后挑起了翅膀，将它们举在风中。翅膀上的沙子被吹落下来，吹进我们眼睛里，我们泪流得更厉害了。

"没看见艾玛，只有她的演出服。"碧琶向我们宣布。

我和娜塔莎停止了号哭。

"这套就是昨天不见了的演出服，是吗？"我们谨慎地挪了过去，看了一眼。没错，天鹅服和舞蹈鞋。鞋半埋在沙里，只有几只沙蚤在上面跳着。我长长舒了一口气，虽然我超喜欢看电视剧《犯罪现场调查》，可是以我这么小的年龄，还是难以接受亲眼看见一具尸体。更何况我很可能成了杀死她的帮凶。

"演出服跑到这么远的地方来，不是有点儿奇怪吗？不行，我得给哈里森家打个电话。"碧琶掏

我要荣耀

出手机，调出了通信录。

"你妈怎么知道她父母的电话？"碧琶等着哈里森夫妇接电话的时候，我小声地问娜塔莎。

"芭蕾舞家长委员会呗！"娜塔莎说。

碧琶转过身去，对着电话那头说了很久。我们听不清她在说什么，因为海边起了风，把她的声音吹散了。她讲了很久，终于挂了电话，转过身来，一脸严肃地看着我们。

"孩子们，艾玛昨晚没回家，她父母都快急疯了。他们已经报了警。"她在手机上摁下三个号码，把手指放在唇边，示意我们别出声。

"喂，是警察局吗？我是碧琶·格林伍德，我打来是要说艾玛·哈里森失踪的事儿。我现在在全日海湾，我们发现了她的一些衣服。是的，好，好，再见。"

我看着娜塔莎，眼泪又流了出来。碧琶走到我跟前，笨拙地搂住我的肩，抱了抱我。"没事儿的，弗洛。艾玛和她爸妈闹了点小矛盾，她可能是躲在哪儿了，你们小姑娘心情不好时总是这么干。"

"可她为什么要把演出服埋起来呢？她不是最愿意当主角，当明星吗？"我啜泣着，非常担心地想：她要是遇到什么危险，真出什么事儿，我就是那个最蠢的帮凶。

娜塔莎和她妈妈交换了一下眼神。她们什么也不愿说，但她们肯定知道一些我不知道的事儿。"有时候情况不像表面看上去那样，弗洛。"碧琶说。她本想再说些什么，却关上了电话盖，什么也没说。"好了，我车上有果汁和小松饼，我们一边吃一边等警察来好了。"

我并不是很想吃东西，可还是点了点头。我们向车子走去。天色暗了下来，大颗的雨滴落了下来。

小时候，每当遇到下雨，奶奶总说这是上帝在

他自己的房间哭泣。真要是这样，那他今天还真该好好哭哭。

警察到了。他们戴上橡胶手套，把艾玛的演出服分别装在几个Z字拉链的袋子里。警犬四处嗅着，不过仿佛对我手中拿的松饼更感兴趣；我掰下一小块正准备喂它，训犬员制止了我。

警探赫斯向娜塔莎、碧琶和我询问何时发现了那些东西，并记下了我们的电话号码，然后所有警员钻上警车离开了。

我原本还以为他们一定会在所有东西上喷上发光氨，再花上几个小时仔仔细细地在沙子里寻找蛛丝马迹。看来是我电视剧看太多了。再说，他们赶到时，海滩已被大雨淋湿了，使得搜寻工作的确不容易。

我们心事重重地坐车来到我家。我和娜塔莎盯着窗外，雨还在下着，浇灭了酷暑的炎热，也浇灭了我们无忧无虑过暑假的美好愿望。

"拜，弗洛。"我下车时，娜塔莎对我说。我挥了挥手，拖着沉重的脚步走进家门。杰克正在等我，他抄着手，看起来很生气。我想从他身边擦过去，我今天可没兴趣跟他为谁吃了橱柜里最后一袋薯片而吵上一架。当然，是我吃的。杰克伸出一只脚，绊了我一下，我赶紧扔掉手中的袋子，一把抓住楼梯扶手，这才没摔倒。

"你这个坏蛋！"我对他吼道，"你干吗绊我！"

他凑到我跟前，两眼紧紧盯着我。"你对艾玛做了什么？"

"我不知道你在说什么。"我愤怒地说。杰克的喉头里发出一声低吼，抓起我的手臂，拖着我朝楼上走。

"放开我！别碰我！"我喊道。我一路反抗着，使劲儿踢他的腿，不过没能踢到，因为他走在

我要荣耀

我上面两级台阶。我拼命地扭动着身体，愤怒地骂他，一直来到二楼平台。他放开我的手，我使劲儿晃了晃身子，仿佛落水狗在岸上抖水。

"你想干吗？"我问，为受到粗暴的对待而气愤不已。杰克什么也没说，一只手按在我的肩上，把我朝电脑面前推去。这台电脑放在我们俩卧室中间的壁台上，是全家共用的。

屏幕上再次出现了那么一行字，加剧了我的恐惧：

这么说，是你杀了她啰？

我转过身来，面对着杰克。

"事情不是你想的那样，我真不知道她在哪儿！"

"这是你的，对吗？"杰克问，用手指着我的博客。

"是倒是，不过……"

"你怎么能这样，弗洛？你怎么能利用我？我不敢相信你还是我的妹妹！你真让人恶心！"

"杰克，我很抱歉，我从来没有——"

我哥挺直了身子，这让他显得很魁梧，然后对我咆哮道："怎么没有！事情就是那样——你没想到会被我发现吧，嗯？"

我站在原地，惊得不知所措，傻傻地愣在那里，却没有哭。

"哼，我已经阻止了你的烂计划。你再也伤害不了别人了。"

"什么？怎么阻止？"

"我报警了。我想他们很愿意和你好好聊聊有关艾玛的事儿。"

当警车出现在我家车道，全日海湾那里见到的那个警探手拿笔记本走下来的时候，我知道我惹上大麻烦了。正当杰克准备打开前门的时候，我在楼

梯尽头处大声问道："是谁告诉你我有博客的？"

他抬头望了我一眼，扬起了眉毛："当然是安卓娅。"

第9章

"我想我们最好等你妈妈回来再说，"警探赫斯自顾自地坐在沙发上，"会等很久吗？"

我正想说还得等上好几个小时老妈才会回来，好让赫斯快点离开。这时，传来前门"砰"一声关上的声音，紧接着就看见老妈冲了进来。

"杰克又怎么啦？"她厉声问道，手上晃动着一串钥匙，把手提包扔在了沙发上。

听到这话，警探有点儿惊讶。"就我所知，杰克没怎么，我倒是想跟您女儿弗洛伦斯谈谈，如果你同意的话。"

我真想钻到咖啡桌底下去。杰克才是问题少年，我可不是。被警察找上的好事儿怎么也轮不到我。

"这究竟是怎么回事，弗洛乖乖？"老妈问道，把钥匙串放了下来，一屁股坐进椅子里。"出了什么事？"

警官和老妈都望着我，杰克就站在旁边，脸上的表情冷冰冰的。我想躲避他们的直视，眼睛死死盯着鞋子，跷着二郎腿，极力想着该从哪儿说起。我的运动鞋的鞋带上沾满了沙子，上面缠着个东西，一下子引起了我的注意。我以为是一小块鹅卵石，于是伸手去抠，却摸了一手黏糊糊的东西。我闻了闻手指，有股臭味儿。这东西到底是哪儿来的？

"弗洛伦斯！"老妈叫我，"你在听吗？"

我抬头看着大家，在椅套上擦了擦手指。赫斯警探清了清嗓子，似乎在等着我说话。

"全都怪学校老师！"我说，然后把"荣耀计划"的整个安排和盘托出。他们坐在那儿，一句话也没说，听着我激动地哭诉：没有天才的头脑有多

我要荣耀

糟，长相平平凡凡有多惨，普普通通又多么不被人重视。

"没有人会注意你，"我说，"就算注意到你，也是因为你没把事儿做好。我们这些孩子，除了失败，还是失败。艾玛·哈里森那种优等生一个奖接着一个奖拿的时候，我们还得在后面当陪衬。这太让人讨厌了，真的很讨厌！"

我停了下来，吸了一口气，看着老妈。她眼里竟然含着泪。她可能过敏了；现在正是屋外的女贞树开花的季节，花粉总让她不好受。

"哦，宝贝儿，真的不是那样的！"她的声音颤抖着。

"哦，就是那样的，甚至更糟。你又不在我们学校上学。"我坚决地说，双手抄在胸前。

赫斯警探站起身来，"我想我们该去看看弗洛伦斯的博客了，好吗？"他说，"然后再好好想想，看能不能找出艾玛失踪的线索。"他转向杰

170

克，"我想你应该也和艾玛·哈里森很熟吧？"

我哥哥的脸一下子红了，他点了点头。"那么，请带路吧。"

大家一起往楼上走，要去看我那个愚蠢的博客。这时，我鞋带上沾的那粒老鼠屎掉了下来，一路弹过最下面那级楼梯，掉在了走廊的地板上。地毯又脏又旧，上面是涡旋花纹，老鼠屎一掉在上面立马不见了踪影。

老妈听到我说发现了她和哈里森先生暗中交往，假装被吓了一大跳。"弗洛，我真不敢相信你会那么想！他可是有太太的人啊！"

"爸爸当时也是有妇之夫。"我回嘴。老妈看起来很受伤。我觉得这么说的确有点不公平——老爸当时离开家，搬到基督城后才和瑞秋在一起的。不过本质还不是一样。我没有质问她关于证据的事儿——就是藏在她衣柜顶层的那条项链。要是我说出来，她又要喋喋不休地数落我不该随便翻看别人

的东西，教训我要尊重别人隐私之类的。考虑到目前的情况，没必要再为这个吵上一架。

赫斯警探仔仔细细看过了所有内容，得出结论说这算不上伤害别人，但他很想知道我们最后一次联络艾玛的情形。我看着杰克，他手里握着手机。这是他十四岁生日时老爸买给他的礼物，以便他们保持联系，平时他总是机不离手。

"我能看看你的短信吗，杰克？"警探友好地问。杰克犹豫着。警探伸出手来，于是他极不情愿地把手机递了过去。他浏览着收件箱里的短信，我们注视着他的表情。他的两条杂乱的浓眉说明了一切。它们一会儿紧蹙在一起，一会儿又挑了起来，然后一条往上扬，一条保持水平不动，然后又时不时地一起跳动。最后，他抬起眼皮，问："我们能借一下你的手机吗，杰克？里面有些有用的东西，可能会帮助我们找到艾玛。"

问杰克要手机，还不如找他借他的秘密烟花

收藏呢——我知道那些收藏都藏在他床垫下面。

"不行，我要用！"杰克坚决地说，"你们不能拿走。"警探同样坚决地看着他，"哦不，杰克，你要么配合警方，把它借给我们几个小时，好让我们复制一些信息，要么，我可以直接把它拿走，封在塑料袋里，把它当作证据。"

杰克的脸煞地白了。他点了点头，把手揣进了裤兜。警探把手机装进包里，跟老妈握手告辞。

"我儿子会有麻烦吗？"她担心地问。"不，布莱特太太，目前还没有。我们的当务之急是快点儿找到他的小女朋友。"他看着窗外。"最近有冷锋过境，但愿她现在正待在温暖舒服的地方。"

"她不是谁的太太了。"他正要转身离开，我补上了一句。

"抱歉。"他说，转回身来看着我。

"弗洛，闭嘴！"老妈和杰克齐声吼道。

我心里这个结就是过不去，我才不想闭嘴呢。

　　"你手机上有什么呀，杰克？为什么警察要拿走它？"杰克对我气愤地哼了一声，继续在一片厚厚的面包上涂抹黄油。

　　"昨天一天你和艾玛在短信上说了些什么呀？"

　　他在三明治上面涂了一层黄油，又涂了一层花生酱。

　　"要是她一整天都在和你发短信，你怎么可能不知道她昨晚没去跳芭蕾？"他又在花生酱上抹了一匙蜂蜜。

　　"她有没有让你去救她？"

　　杰克一脸疲惫地看着我。我以为他会骂我。"你能不能别说了？"他说。

　　"不能。"

　　他叹了口气，"艾玛不想跳芭蕾，她讨厌芭蕾。"

　　"不可能。哪次芭蕾表演少了她！"

174

"但那还是不能说明她就喜欢芭蕾。"

"她要是不喜欢，干吗还跳呢？"

杰克咬了口他那块恶心的三明治，一滴蜂蜜从他腮边流了下来，他用一根又粗又短的肥手指将它揩回嘴里。他嚼了一会儿，吞了下去。我还在等着他回答。

"你喜欢数学吗？"他问。

"还真不喜欢。""可是你能做数学题，不是吗？"

"那倒是。"我不明白他想说什么。我都不用动脑子就能做数学题，可是娜塔莎不能。她七岁时有一次跟老师争辩说三乘以零等于三，从那以后，她就跟数学结下了深仇大恨。依她的逻辑，如果把三看作是一个物体，比如说，一个苹果，自个儿独立存在着。然后某人走过来，拿个根本不存在的东西跟它相乘，那么它还是三。再怎么乘也无济于事。为了证明自己说的没错，她甚至还拿橡皮泥捏

出一个阿拉伯数字"3"，一边用手抓起一把空气朝它扔去。当然，她没能说服老师，还引得全班同学哄堂大笑。从那以后，娜塔莎就宣称自己是"数学绝缘体"。你不一定非要因为喜欢数学才做数学题，同理，你也不一定非要因为喜欢洗澡才让人把你洗得干干净净。鲍里斯就是活生生的例子。

　　杰克转转眼睛，好像嫌我脑子反应太慢。"反正……艾玛能把芭蕾跳得很好，不过她确实不喜欢芭蕾。"

　　"不喜欢就不跳呗！"

　　"老妈会让你不学数学吗？""这根本是两码事儿——我学数学是因为这是学校的功课，可芭蕾只是个业余爱好啊。"

　　"她妈妈可不这么想。"趁我琢磨这句话时，杰克又咬了口三明治。那倒是真的。艾玛的妈妈特别势利，非逼着女儿练芭蕾，一点儿不通情达理。要是看见她那梳得优雅漂亮的头发下，有两只小角从头皮上伸出来，我可一点儿不会吃惊，没准儿她还有一个分叉的吓人的大舌头。散学典礼上她对我恶狠狠的样子到现在我还记得清清楚楚。

"哈里森太太为艾玛制订了各种各样的计划，"杰克说，"而且每项计划绝不允许失败。你觉得是谁跑到芭蕾舞学校跟贝琳达·史密斯说一定让她女儿每次演出都领舞的呢？"这话听上去真像一次控告。

"哼，那她就该让艾玛的妈妈滚蛋。"我说。因为史密斯老师看起来可不像那么温顺的人，没那么容易被控制。

"是，不过要是剧院的租金涨价的话，就另当别论了——这幢房子是哈里森家的。"杰克告诉我。我惊呆了。这是违法的吧。

"就这么几天，艾玛就什么都跟你说啦？"我说。真想不到我哥哥现在这么能聊——还是跟个女孩。她一定对他坦诚相待，把什么都告诉他了，可

是为什么呢？他也没那么招人喜欢呀。

"不是，她只跟我说不喜欢芭蕾……还提到过她妈妈。至于其他的，都是安卓娅告诉我的。"

"那她又是怎么知道的？"

杰克看着我，好像我没长脑子似的，"你问安卓娅怎么知道的？"

对她来说，真是太容易了。她一直冷眼旁观，耐心等待，一有机会就立刻出击。就像一只肥硕、让人害怕的野猫，毫无风度，粗鄙不堪。我们都不约而同地成为了她的猎物，真不知道她这次又想做什么。我若有所思地点点头，仿佛一时间找到了所有问题的答案。杰克又咬了一口他的蜂蜜三明治，一口咽了下去。

"你怎么还吃得下去？我还以为你为艾玛的事儿心烦呢。"

"吃了才打得起精神啊。"他像往常一样在我肩上捶了一拳。我揉了揉肩，很高兴我们俩又说话了。我可以让他帮我。我友好地踢了他一脚，鞋里落出一把沙子。

"我都快把沙滩的沙全带回家了。"我一边说，一边取下一只鞋，朝板凳上敲了敲。粗沙落在地毯上，出现了个"L"形的图案，跟我鞋底上的"L"形一模一样。我用脚趾朝它戳了戳，一小块东西滚了出来。

"噢，什么呀？又是一颗老鼠屎！我以为海边没有老鼠呢，我还以为只有阁楼里有呢。"

"比利·维金森的车里也有，"杰克说，"他那辆破车简直就是老鼠乐园，太臭了。"我脑子里闪过一个念头。不，那不可能。

杰克笑了一声，听起来可不是开心的那种。"我跟比利说过他的车很臭，结果你猜他说什么？"

我摇摇头。"他说只有一种情况能让他把车给弄干净，那就是除非有一个像艾玛那样的女孩儿要

我要荣耀

搭车，他才会考虑把车给洗洗。真是个蠢货。"

"我以为比利跟你是一伙的？"我谨慎地说。

"上次教师停车场除臭剂罐爆炸的事儿，就是他把肖恩和我给出卖了。这个叛徒！"

第 10 章

第二天，仍然没有艾玛的消息。我被禁止碰电脑，老妈也上班去了，走之前严厉地命令我们哪儿都不许去，什么都不许做，跟谁都不许聊天。她刚开出车道，转了弯儿，杰克就直奔肖恩家，我也冲到了娜塔莎家。

"所以……我觉得事情是这样的……"我把心里的猜测全告诉了娜塔莎，"比利·维金森绑架了艾玛，很可能把她和他的臭老鼠关在了什么地方。"

"我觉得你电视看多了。"娜塔莎一边说，一边把另一张照片夹在她专为鲍勃做的相册里。这匹小马可非同寻常。娜塔莎和碧琶一直在上剪贴簿的制作课程。她有好多小张的彩色纸，还有专门的打

孔机，可以把这些纸片切割成各种形状。正在装饰的这一页中间，娜塔莎贴了一张鲍勃的照片，四周粘上了粉红的蕾丝花边，还手绘了心形图案。相册看上去很漂亮，很有女孩子的味道，可鲍勃看上去却有点滑稽。

"如果不是这样，我鞋上怎么会有从海滩带回来的老鼠屎？"

"在任何地方都可能沾上老鼠屎，弗洛。比如——你家也不是那么干净，对不对？"

说实话，娜塔莎要不是我最好的朋友，我早就扇她一巴掌了，她竟敢诋毁我老妈的持家水平。不过她说的还真没错，而且她是我唯一的朋友，所以我没再计较。

"可是比利喜欢艾玛呀。"我坚持自己的意见。

"奥马鲁有哪个男孩不喜欢艾玛呢？这有什么稀奇！"

"那好，要是比利没绑架她，她的演出服怎么跑到全日海湾去了？"我说。娜塔莎拿起一根胶水棒，若有所思地压在嘴唇上。等了一会儿，她将它拿开，用舌头把嘴唇上沾到的胶水舔掉，做了个鬼脸。

"我真不知道，这太奇怪了。"

"娜塔莎，你这样就像《儿童侦探五人帮》里的小孩，可不像真正的大侦探。"

她又拿起一张小马的照片，轻轻吻了吻。我可不会把那么多感情浪费在一个根本不属于自己的宠物上。真希望娜塔莎从马术学校买下鲍勃的存钱计划已经开始实施了，否则，等到鲍勃寿终正寝的时候，娜塔莎可能还没成为它的小主人。

"我想我们得好好调查一下。"我斩钉截铁地说。娜塔莎把小马照片从嘴唇上拿开，叹了口气。"我不知道你觉得我们能找到些什么——再说，我现在很忙。"

"忙着弄你的剪贴簿？"

"不只是这个，"她说，"明天有圣诞游行。"

"哦，不是吧！"我咕哝了一声。

对于圣诞游行，在我心里，真是忍耐多于期待。每年都是老一套。本地的农夫们都把拖拉机给弄出来，贴上锡箔纸以作装饰，如果你运气好的话，还会看到他们把驯鹿角毛毡片戴在自家牧羊犬的头上。通常还有一辆消防车，一组管弦乐队，一群小丑，还有众多教会团体，纷纷在各自的平板卡车上展示关于基督诞生的场景剧。男孩子们用茶巾包着头，扮演东方三博士，后面跟着肥大的羊羔，可怜地咩咩直叫。最让人兴奋的游行彩车里有用尤克里里琴演奏的《飞越彩虹》，还有其他许多欢快的非圣诞歌曲。彩车后跟着圣诞老人，他骑在摩托车上，假胡子下汗流满腮。要是你才三岁，这样的游行的确让人兴奋，可是我都十三了，早就不感兴趣了。不过娜塔莎显然还是兴趣不减当年。

"你不会去看的，是吧？"我探了探她的口气。

"我还要参加表演呢。"她骄傲地说。

"演什么？""我和鲍勃分别演圣母玛利亚和她的驴驹。"

我怎么不知道。"要是我不问，你打算什么时候告诉我这个重大消息？"我问她，"而且，鲍勃什么时候变成驴子了？"

"今天早上他们才找的我。本来是艾玛演的。"我简直不敢相信自己的耳朵。"出了这么多事儿，你竟然要顶替艾玛的位置？这可是我这辈子听过的最不仗义的事了！"

娜塔莎把打孔机放了下来，"游行总得进行，而艾玛又去不了。他们让我去，我就同意了。你应该替我高兴！"

"当替补有什么好高兴的。"我说，话一出口

185

我就后悔了。

"好啊，我是替补，所以配不上你这么好的朋友，请你走吧。"

我这个昔日最好的朋友站起身来，打开了卧室的门。我站了起来，极不情愿地走了出去，穿过走廊，从碧琶身边走了过去。

"这么快就回家了吗？"她有点诧异。

"呃，对，我还有点儿事。"我回答道，低着头转身离开了。看来从现在到今天结束前，我又要无所事事了。

回家的路上，我拐了个弯儿，朝帕特尔先生的乳品店走去。我还有三十分钱，应该能买点儿什么。也许能买一杯番茄汁。

"你好，弗洛，你今天好吗？"帕特尔先生跟我打招呼。

"很无聊啊，你看不出来吗？"我回答道，眼睛盯着巧克力棒，希望它们在打折。

"你哥哥那个朋友的事儿太可怕了。"他说，重新把口香糖给摆好，又掸了掸蛇形果冻上的灰。

"谁，你是说比利？"我问。

"不，不，那个漂亮女孩儿。"帕特尔先生说，指着柜台上的那堆报纸。

我看了看标题：

奥马鲁警方为当地女孩安全担忧

搜寻工作仍在继续

报纸上登了一幅艾玛的照片，照片上她面带笑容，手拿优秀学生奖牌。我继续往下看：

南岛中部警局警探迈克·赫斯昨日声称，"到目前为止，我们并未发现艾玛的失踪有任何疑点，但我们希望在过去四十八小时内见过或接触过艾玛的人和我们联系。她的父母万分焦急，希望与她早日团聚。"

我要荣耀

　　没有疑点？才怪呢！她的失踪疑点重重。首先要查的，就是维金森的家。我转身走出了乳品店。

　　"弗洛！"帕特尔先生在后面喊道。我扭过头去。"接着。"他边说边朝我扔了个东西。我接住了它。

　　"嘿，多谢了，帕特尔先生。"我说，一边剥开了粉红色糖纸。走到比利家的时候，我吃掉了最后一口巧克力棒。

　　破旧的汽车停在维金森家的车道上，其中一道车门开着，冒了个屁股出来。这人穿着牛仔裤，松松垮垮的，都快掉下来了，连平角内裤也露了出来。毫无疑问，这家伙就是比利。我悄悄地溜到他身后。

　　"快说，艾玛在哪儿？"我突然大声质问他。

　　比利吓了一跳，头撞在汽车门框上。

　　"哎哟！"他叫道，揉了揉脑袋。他从车里退出来，站直了。他没杰克那么高，不过还是比我高出一个头。

188

"你在说什么呢？"他问。

我想我得来个先发制人，看他招不招。"你很清楚我在说什么，比利·维金森。艾玛坐过你的车，你敢说没有？"

"什么？就这堆破铜烂铁？"他一边说，一边用手指指面前这辆车，里面的确真够乱的。"艾玛怎么可能坐到这种车里来？"

我将头伸进车内。真臭！里面有麦当劳的食品包装纸，喝完的空可乐瓶，还有一股老鼠的恶臭，我绝不会闻错的。

"嗯——你说得也有道理。"我承认。我想，像艾玛那样的公主，连靠近这样的车都是不可能的吧。再说，比利看上去也没那么强壮。他可能快十六岁了，不过还是稍显瘦弱。

我正要关上车门，突然看到了一个东西。阳光透过车窗照进又脏又乱的车里，有个东西正闪闪发亮，是个金属片，亮白亮白的，就是天鹅的颜色，

跟艾玛演出服的颜色太配了。我冲回后座，把它从座套上拿了出来，举起来仔细观察着。一个小金属片……调查又有了一步进展。

"她肯定在这辆车里待过！你到底把她怎么样了？"我用大拇指和食指捏着证据，厉声问道。

"她真的没待过，我发誓！"他无助地辩驳。

我"唰"的一下把金属片伸到他面前。"那你给我解释解释！"

比利两手一摊，好像端了个盘子，上面摆着个隐形的答案。我盯着他，等他回答。最后，他把双手揣进裤兜，清了清嗓子。

"好吧，我载过她的演出服，不过没载过艾玛。不骗你。"

"你最好再解释一下。"我说。

"嗯——我当时开车帮我妈去超市买东西，路上遇到了她表弟托马斯·哈里森，他叫我停车，说想搭车去海边，问我顺不顺路。"

"海滩离超市可远着呢——出城还得开很远。"我说。

"是啊，是啊，我知道，我就是这么跟他说的。他带了个大包，我问他里面装的是什么，他说是艾玛的演出服，他要把它交给她。"

"艾玛当时在海滩？"

比利叹了口气，"嗯，反正他是那么说的。他还说艾玛平时老问起我，她要是看见我去，肯定特高兴。"他摆弄着钥匙链。过了一会儿，又说："我从开学那天就一直想跟艾玛·哈里森说说话。当时她来参观化学实验室，不过没怎么注意我。所以，我觉得这次是个好机会。我还跟托马斯说他用不着去海滩，我拿给艾玛就行了，保证送到她手里。事实上，是我坚持一个人去的。我当时想，如果我拿着她的衣服出现在海滩，她一定会很高兴的。"

"然后呢？"我惊讶地问，"她看到你之后高

兴吗？"

"嗯——问题就在这儿。你知道吗？事情有点奇怪。我一路来到海湾，却根本没看到艾玛的踪影。我等啊，等啊，她还是没有出现。我觉得有点奇怪。"比利的胸口处突然隔着衬衣顶了出来，我差点儿以为他心脏病发作。他将手从领口处伸了进去，抓出一只黑白相间的宠物鼠，它看起来好像热坏了。他把它放在肩头，它就乖乖坐在那，一边舔着毛，一边不时停下来看看我。我全身哆嗦了一下。除了可以拿来在实验室做行为实验，真不知老鼠有什么好。

"于是我就拿着她的芭蕾演出服一直等，就在海滩上，一个人傻傻地等，因为托马斯千叮咛万嘱咐说一定得把它交到艾玛手上。他还说我要是把衣服给带回来，艾玛的妈妈看见了，一定会找他大麻烦的。"

我们俩都领教过哈里森太太的脾气，不约而同地小声咕哝了两句。宠物鼠将它肉乎乎的粉色尾巴绕在比利脖子上，依偎在他耳旁。呃！太恶心了！

"过了一个小时，我有点儿生气了。我白白等了那么久。我想艾玛是不是在跟我开玩笑，可我把衣服拿回去的话，又会给托马斯惹麻烦，所以我就把它埋了。"

"是你把它埋在沙丘里的呀？我发现它的时候差点儿吓出一身冷汗。我还以为埋了个死人呢！"

"可能海风把沙给吹掉了，我也没埋太深。米斯蒂被沙丘草吓到了，所以我只得带它开车回到了超市。我从家里出来太久了，我妈还等着我买牛奶和面包回去。我买好了就回家了。"

米斯蒂，就是这只宠物鼠，当时在海滩上被沙丘草吓得拉了几颗老鼠屎，正好被我踩上了。此时，它突然滑到了比利的脖子上。我想，他要是每天都戴着这条老鼠围脖的话，根本不可能有哪个女孩儿会喜欢上他。

"这些你跟警察说了吗？"

"干吗要说？这很重要吗？"比利显得很惊讶。我真想揍他一顿，男生有时简直就是木头脑袋。

"哦，当然，我认为很重要。那么多人都在找艾玛，警方也把她的天鹅礼服装到了塑料袋里作为证据。说不定上面全是你的指纹。说不定他们现在就拿着手铐正往这儿赶呢。"

比利脸都吓白了。活该！谁让他想拆散杰克和艾玛的。对了，杰克和艾玛！我竟然把他俩想在了一块儿。他们俩也才约会了两天。我现在明白为什么杂志里的八卦新闻永远不缺素材了。

我撇下惊慌失措的比利、毛乎乎的米斯蒂和那奇臭无比的汽车，朝家里走去。这里的事儿算是弄清楚了。今天应该没什么事儿了，我可以回去吃个午饭，看看动画片，然后就祈祷艾玛·哈里森快点儿出现。可是我脑子一点儿也闲不下来：为什么托马斯要让比利把演出服拿到海滩去呢？他应该替艾玛保管好才对。除非——他故意想让演出服不见。回家的路上我一直在想为什么，可是怎么也想不通。

我到家时，发现安卓娅来了。她跟杰克在厨房里。他们俩一边吃着吐司上的奶酪，一边喝着香蕉冰沙。

"纸板儿，怎么样了？"安卓娅嘴里包着一大口切达奶酪，边嚼边问我。她弄过头发了——我想，至少梳过了——看起来还不错。可我不敢说她今天发型好看，要是她以为我在暗示她以前的发型很烂，那我可就惨了。

"安卓娅，"我小心翼翼地问，"要是你是托马斯·哈里森，你为什么想要扔掉艾玛的演出服呢？"

她若有所思地嚼了一会儿，伸出手，掰了掰关节。

我要荣耀

"我干吗要回答你……"她挑衅地笑着，说，"……既然你都叫我狒狒皇后了，还写了那些话。"我往后退了退。我差点儿忘了，她看过了我的博客。糟了！她站在我跟前，凶巴巴的，两只拳头捶在她的大胸脯上。

她今天穿了裙子。哦，真不敢相信。以前她只穿男孩子的那种肥大的短裤和牛仔裤。这个又高又壮又凶的女孩竟然穿着粉红色的裙子，还露着膝盖，看上去可真够吓人的。

"嗯，你喜欢我哥哥，对吧？"我问。话一出口，我就知道自己又闯祸了。

"什么！我……喜欢他？"她脑袋一甩，望着杰克，"你竟敢乱说，你这个书呆子！"

"我也没那么糟吧。"杰克怯怯地反驳。

"闭嘴！"她对他吼道，"简直就是胡说八道！"

我以前从没见过安卓娅这么为自己辩护，要知道，通常都是她攻击别人的。

"好吧，好吧，"我打着圆场，"我只是开个玩笑嘛。"

安卓娅坐了下来，像一只愤怒的大熊，刚刚结束了一场打斗，全身颤抖地坐下来休息。她用手指沾了一点吐司上的奶酪，伸进嘴里舔了舔。

"托马斯做这事是为了——用你的话说——他的'既得利益'。"从安卓娅嘴里听到这么正式的表达，她还真有两下子。

我告诉安卓娅自己还是没听明白。

"嗯——他是第二名，对吧？"她说。

"那个优秀学生奖⋯⋯"我说。

"不仅是那个奖，无论什么事，只要有艾玛，他就永远只能当第二名。"她停了一会儿，把头扭向一边，手里把玩着装番茄汁的瓶子。"当然，想看着艾玛倒霉的绝不只他一个人。"

"可他们是亲戚啊！"

安卓娅同情地看着我，"亲戚又怎么样？"

"托马斯想方设法把演出服给弄丢，这样艾玛就不能上台表演了，对吧？这太卑鄙了。"

"卑鄙？比策划一个伤害案还卑鄙吗，纸板儿？"

我回避着她的眼神。"要是他把芭蕾舞裙给扔了，那他又把艾玛怎么样了呢？"我说。

"是啊，她到底去哪儿了呢？"杰克插了一句。我很高兴看到他除了填饱自己的肚子外，终于开始关心别的事了。

"你就别担心了。"安卓娅说，拍了拍他的手背。她竟然摸了我哥哥！我的天呐！一切怎么开始变得怪怪的。

"可是我觉得都是我的错，"杰克难过地说，"是我叫她别再跳芭蕾，要奋起反抗的。她非常赞同，还说要来个离家出走。没想到她真的这么做了。"

　　这太荒唐了。我绞尽脑汁设计让杰克阻止艾玛跳主角，没想到事情的发展完全出乎我的预料。这件事没有赢家，我和杰克都觉得非常内疚。我们该怎么办呢？

　　"嗯——"我说，我知道现在是自己将功赎罪的时候了，"我们一定要找到她，一定！"

　　安卓娅看上去并不太热心，杰克也是一脸困惑。"你觉得我们现在该怎么做？"他挠挠乱蓬蓬的头发，问道。

　　"这个嘛，让我想想……如果你想在这附近躲起来，你会去哪儿？"

　　我们朝企鹅岛附近的码头走去。从哈里森家就能看到这个码头。它无人看守，已经废弃不用了；倒是成了方圆几英里内孩子们最爱的秘密游乐场。"你们可不准去码头玩。"老妈总是警告我们。可她越反对，我们越想去。真是应了那句话：越不许，越刺激。

　　码头四周都贴着警示标语，上面写着"甲板危险，注意安全"，提醒大家要格外小心。警示标语旁边是一幅可爱的图画，上面是一只蓝色小企鹅，正往果皮箱里扔垃圾。仿佛在劝诫大家：如果你非得跑到这个极度危险的码头上来野餐的话，至少请你不要伤害岛上的野生动物，也不要乱扔瓶子和塑料袋。码头底部已经开始腐烂，整个码头显得摇摇欲坠，好像在向冒险者们挑衅：胆小鬼！不怕死的尽管上来！要是你真不想要命了，这里的确是个相当诱人的冒险之地。

　　"我可不认为艾玛会藏到这儿来，"杰克说，"她最怕水了。"

　　"所以她才从不参加游泳课，对吗？"怪不得艾玛每次都有那么多理由请假不上游泳课，现在终于真相大白了。我就说嘛，谁会这么倒霉，一上游泳课，不是耳朵化脓了，就是脚趾感染了，再不就是赶上女孩子特殊的那几天了。

　　我们继续往前走到船坞。里面乱七八糟地摆放着渔船、游艇，还有各种小船，仿佛都在等待着修理。有些船上盖了柏油帆布，没盖帆布的船里面积满了雨水。船坞紧挨着一处悬崖壁，上面回响着鸽子回巢的叫声。整个船坞外面都围了一圈铁丝网。本来是不允许外人随便进入的，可没有哪个孩子没进来过。再也找不到比这里玩捉迷藏更好的地方了。当然，你最好别被安全巡逻员给逮到。他去帆船俱乐部的时候会偶尔顺路过来看看，在附近的旧屋子里住上一晚。他一般一周就来一次，而且常常是晚上过来，所以不容易被逮到。孩子们都知道铁丝网的洞口在哪儿，每次都是从那儿钻进来。

　　我们在船坞里四处走着，防水布在风中拍打着船身。每拍打一下，都会发出"啪"的一声巨响，吓得我们差点儿跳起来。安卓娅和杰克朝悬崖壁走去，我就在铁丝网周围东看西看。我面前是一艘旧船，叫作梅根·安妮号，仿佛已经在这里停泊了好

几个世纪，四周长满了野草和茴香草。我伸手摸了摸斑驳的船身，几块油漆掉了下来，被风吹走了。我走到船的一侧，朝里面望去，希望能看见艾玛蜷缩在里面，等着被大家找到。可除了看见船梁上有一只麻雀，连一个人影也没有。我又从铁丝网里钻了出来，来到了石雕荒场。

赛艇俱乐部和船坞的中间有一块空地，横七竖八地散落着成群的石雕。那些没有卖出去，也没有被送到公园里的石头雕塑全被扔在了这里。我喜欢这里，一个个未完成的石雕有着它们自己的生命。大片的茴香草中间，傲然挺立着一个残缺的雕像，这是一枚巨大的国际象棋，看起来就像爱丽丝梦游仙境里的那个皇后。一根根的石柱，一个个拥有漂亮弧形的底座，一块块花岗岩石板层层堆放着，仿佛在等待着什么，可是却从未等到。我不知道石头竟然也有那么多种颜色，有奥马鲁标志性的白色，有红水晶的颜色，还有各种层次的绿色、黑色、灰色以及介于两者之间的棕色。这个景象让我觉得，好像有个大巨人在玩着自己的指关节，把它们给掰落了，然后自己喝下午茶去了，结果再也没回来。这些石雕和一堆堆大石头就这么耐心地等在这儿，任凭四周野草疯长。这个地方给人感觉怪怪的，可一点儿也不吓人，如果你明白我的意思的话。

安卓娅和杰克回来找到了我。他们没有找到关于艾玛下落的任何线索。我们之前希望能找到一些重要线索，比如她的手机，或一只发卡，或衣服上掉下来的布条什么的。可我们一无所获。我看了看手表。

"哦不，杰克，老妈要回家了。咱们得快点儿赶回去，要不她又该发火了。"我们沿着回城的路走去。我回头望了望码头和船坞，悬崖壁上的鸟儿们彼此呼号着准备回巢，鸽子也飞了回来。有句老话说：该来的，躲也躲不掉。虽然我不知道我的瞎胡闹和烂计划会给我带来什么，不过我敢说这倒肯定不会让我得奖。

第 11 章

　　转眼就到了星期四。鲍里斯抓着我的休闲裤，老妈在楼下大声喊我快起床。我咕哝了一声，接着做梦。梦里，我正在一个马戏团的演出帐篷里，站在高高的钢丝上，正要走到钢丝的另一头，一块巨大的巧克力棒正在那头向我招手。我平衡保持得很好，只是后面有只小马驹，一直在用牙扯我的马戏服，让我没法往前走。我越想往前迈步，它越把我往后拖。台下的观众一齐冲我喊："加油……加油……加油……"我拼命朝巧克力棒走去，可一步也挪不了。电话铃响了，一直响，一直响。这时，马戏团的表演指挥走过来，把电话从一只狮子口里猛地拉了出来，对我说："弗洛，找你的。"我摆摆手，让他拿开，我还没拿到那根又大又诱人的巧

克力棒呢！他拿着电话，"哐当"一声敲在我脑袋
上。

"哎哟！"我大叫一声，一下醒了过来。杰克
手里正握着电话，鲍里斯正咬着我的睡衣。

"我说了是找你的。"他抱怨着，把电话丢给
了我。

"嗨，弗洛，你待会儿来看我游行表演吗？"
是娜塔莎打来的，一副欢欣雀跃的语气，好像全世
界就只有圣诞节最重要似的。

"艾玛还没回来吗？"我问。

"对……不过，要是她回来了，我就演不了
了，不是吗？"

"娜塔莎！你不觉得咱们应该为艾玛担心
吗？"

"我担心也没用啊，"娜塔莎反驳道，"再说
了，表演总要进行下去，不是吗？"

"一整天就想着跳芭蕾，我看你都跳傻了。"

我愤愤地说。

"不是的。我跟大家一样不好受，可要是花车游行取消的话，奥马鲁成百上千的小孩子都会伤心死的。"我想她就是其中之一吧，"那——你会来吗？"

"也许吧，除非我今天没别的事可做。"

我今天的确没什么别的事可做。我已经配合警方做过笔录了，也去船坞和码头找过艾玛了，也吓唬过比利·维金森了，昨晚还笨拙地拍着杰克的背，安慰过他了。他当时看起来糟透了，一直盯着原来放手机的地方，回想着他跟刚交的那位来也匆匆去也匆匆的女朋友发短信的情形。

游行十一点开始。我和杰克决定看过新闻，吃点早餐，然后去主街找个合适的位置，以便观看无聊的花车游行。

我把牛奶倒在全麦饼干上，希望它们变成水果糖，然后溜达进了起居室。里面，电视正大声地响着。杰克早就躺倒在沙发上，正在啃着好几片酵母酱吐司，仿佛可以靠酵母来化解他的悲伤。

"……现在我们来看奥马鲁的新闻。一个十来岁的女孩已失踪超过二十八小时，全市人民都为她的安全担心……"新闻播报员看起来一脸严肃。"我们的前方记者丽莎·达利会为您带来最新的报道……"

杰克坐起身来，我们俩都目不转睛地盯着电视画面。前方记者说道："我现在正位于风景如画的奥马鲁城。此时，全城正在进行一场大搜索，寻找一个名叫艾玛·哈里森的女孩，她非常优秀，是个芭蕾舞小演员，也是这座位于奥塔哥岛北部的美丽小城的骄傲。"

电视画面里出现了主街，又扫过了澳新军团军人的纪念雕像，雕像头上戴的帽子形状活像柠檬榨汁器。接着切换到老城区，灰白的石头建筑物仿佛在诉说着这座城市古老的历史。最后，画面定格在

了艾玛的照片上，她正手握奖杯。

"艾玛最后一次出现，是在星期天的晚上。她失踪前，身穿蓝色粗棉九分裤，新西兰皇家芭蕾舞团的红色T恤，正面印着'一切为了芭蕾'。"

对我来说，这几天才真是满脑子的芭蕾裙，还有芭蕾裙的那个主人。我关掉了电视。

"快点儿，"我说，"咱们走。"

杰克从沙发上噌地站起来，我们骑着车去了泰晤士大街。街上，游行队伍早已列队排好，等待出发。我一眼看到了玛利亚和她的驴驹。娜塔莎头上蒙了块蓝色桌布，盖着头和肩膀，扮演戴着头纱的圣母玛利亚；她睡衣下还塞了块大抱枕，一只手小心翼翼地护在上面，另一只手拉着小马鲍勃的缰绳。

"娜塔莎！"我冲她喊道，"我的老天，你可真够胖的！"娜塔莎朝我挥挥手，衣服下的抱枕向旁边滑动了一下。"小心，"我喊道，"你会早产

208

的！"

我看了看周围，正为自己的玩笑开心呢，没想到身边妇女协会的成员们齐刷刷地向我蹙起了眉头。可能有十来个人，都穿戴得整整齐齐。其中一个人俯身凑到我跟前，"亲爱的，现在可不是乱开玩笑的时候，"她说，"尤其是那个叫哈里森的女孩都还没找到呢！"

"这跟艾玛有什么关系？艾玛又没怀孕！"我大声说。所有的女士都倒吸了口气，彼此看了看，扬起了眉毛，紧紧地抓着手提袋，仿佛被我这番话给吓坏了。我知道她们脑袋里在想些什么。肯定又在胡乱联想，准备为长篇电视连续剧《加冕典礼街》瞎编乱造些故事情节了。这时，杰克慢慢地晃了过来，没精打采地舔着手上的冰淇淋。我说我想咬一口，结果他二话没说，把整个冰淇淋递到我面前。

"吃吧，"他说，"我真的一点儿也不饿。"

"可能是我们出来前你吐司吃得太多了。""不，就是没胃口——我想可能跟我女朋友不见了有关。我真希望他们快点儿找到她。"

我身旁的这群"老母鸡"伸长了脖子，打量着我哥哥。她们极有可能就此认定杰克就是艾玛那子虚乌有的孩子的父亲。小城镇就是麻烦。人们要是不知道真相吧，他们就自个儿编造——然后就一传十，十传百，最后就是假的也变成真的了，因为太多人听过了，结果只能众口莫辩了。我以前还常常想造个谣言，说我是富有的西班牙公主那没有被王室承认的私生女。可惜我的头发不是黑色的，而且当年城里人人都看到我妈一边挺着怀着我的大肚皮，一边拖着两岁的杰克为生活奔波。

主街上的人越来越多，挤满了推着婴儿车的年轻母亲、学龄前的儿童、老年人，还有正放暑假的小学生。不管大家怎么评论圣诞游行，它的确是圣诞前最让人兴奋的事，所以怎么都得到场看一看。

不过这一次，热闹的游行却笼罩着一丝忧伤的气氛：洛西蒂师范学校最闪耀的星星没有出现，不免让人有些许失望。就连装饰着锡箔纸的平板卡车上趴着的牧羊犬也显得没精打采的。

几米外传来风笛的声音，洪亮的笛声响起，乐手们把装风笛的格纹袋子夹在手臂下。系着毛皮袋，身穿短裙的男子们热得不停地出汗，他们正站在暖和的阳光下等待着队伍出发；参加游行的女孩们也立正站好，随时准备吹响口中的哨子，白色靴子擦得干干净净，百褶短裙也熨得服服帖帖的。

"请问，你是弗洛伦斯·布莱特吗？"

我身后传来一个声音。我转过身来，看见了电视台的记者，旁边还站着个摄像师。

"不用担心，这个不会上电视，"她说，对着录音笔点了点头。她的助手正四处张望着，斜睨着眼看了看太阳，他好像很无聊。

"嗯，我是……"我说，心里想：她怎么认识

我呢?

"哦,太好了,我一直希望能跟你聊聊——那边那个女孩告诉我你在这儿。"我们俩朝她说的地方望去,那个人已经不见了。丽莎·达利耸耸肩,继续说道:"那个——,我听说是你发现了艾玛的演出服。"她说,然后挂出一副关切的表情看着我。"你没事儿吧,心里一定很不好受吧?"

不好受?被人抢走了信息技术奖,艾玛永远压着娜塔莎,在芭蕾舞表演中跳主角,我哥哥喜欢上了我的敌人,我妈妈爱上了我敌人的爸爸;艾玛的失踪跟这些相比,到底哪个让我更不好受?

我答不上来,丽莎以为我默认了,把头撇向一边,好像在表示同情。在我看来,这招应该是在新闻学院上学时,训练有素的表现,不是真情流露。

"我想跟她的家人聊聊,"丽莎说,"不过,他们明确说了,不想接受采访。"

"你也许能和他聊聊。"杰克指了指那边。我

我要荣耀

顺着他手指的方向，看到一家礼品店，门口放了只很大的柳条编的驯鹿，还摆着冬青树和猩猩木。

"我不觉得它能告诉她些什么。"我说，不知道杰克为什么要在这么严肃的事上自作聪明，乱开玩笑。

"不是驯鹿，你这个笨蛋，——是他！"他朝那儿又指了指。托马斯·哈里森正藏在驯鹿后面，站在摆圣诞卡的货架中间，"他是艾玛的表弟，我相信他有许多事儿可以告诉你。"丽莎大步朝"水母"走去。看着她离开的背影，杰克给我递了个眼色，我们俩都笑了，互击了手掌。一只鸽子飞了下来，落在我们脚边，满怀希望地在地面啄食从我手中的冰淇淋甜筒上掉下的小碎屑。

"咕咕咕，咕——咕咕，"我对鸽子叫道，"你可飞得离巢够远的。你应该飞回海边峭壁上，在那儿拉你的大便。"

鸽子没理睬我，趾高气扬地在它的鸽粪上踩来

214

踩去，一对儿亮晶晶的眼睛到处张望。我扔给它一小块甜筒皮，它立刻狼吞虎咽地吃了下去，又看看我脚边，似乎还想要，好像我的运动鞋是食物分发机似的。游行队伍的最前端，风笛手们结束了他们毫无调子的序曲，吹起了《苏格兰勇士》……游行正式开始了。

那只鸽子，不知是耳聋了，还是听惯了乐器的声音，一点儿也不怕，继续啄食，简直舍不得离开我的冰淇淋甜筒。看来不吃完雪花片般掉下来的脆皮，它是绝不肯回家的。这些常常飞到城里来的鸽子总能帮助消灭奥马鲁城里家家户户的残羹剩饭，然后每晚又飞回悬崖边的巢里歇息。我无聊地想：它们那些生活在树林里的表亲——林鸽，会不会也喜欢吃冰淇淋甜筒呢。它们体形那么肥大，可能要吃些比浆果更实在的东西才能填饱肚子吧。要是让我每餐吃它们的食物，我非饿得皮包骨头不可。

"杰克，"我提高了嗓门。苏格兰高地乐队正

列队走过，短裙飞扬，鼓手们正热烈地敲着鼓，特纳先生（那个兽医）站在最前面，一手飞快地转着一根大鼓槌，一手叉在腰间，梳得整整齐齐的胡须飘在风中。"你在城里看见过林鸽吗？"

"你说什么？"他大声回问。

"我刚才问你——林鸽会不会飞到城里来？"

杰克盯着我，好像我在说疯话，"弗洛，你脑子里到底装了些什么呀？"

"说嘛，它们会来吗？"我真的很想知道。我在城里从没见过林鸽。

一辆消防车从我们面前隆隆地开过，上面站满了戴着圣诞老人帽、穿着救火衣的消防员。我在想，他们一定热得跟篝火上纸包着的烤土豆似的难受。其中有个人朝杰克招了招手，他也敷衍地回招了一下，表情有点儿别扭。

"他是谁？"我问，暂时忘了关于鸟儿栖息地的问题。

"我的防火安全监督员，"他回答，"我得定期向他汇报。"

我点了点头。老妈常和他通电话。一旦她发现杰克有任何危险行为的苗头，就会第一时间给这个可怜的消防员打电话。这段日子，要是没有及时报告，连烧烤时点火的行为都会给杰克找来麻烦。消防车发出一声低鸣的警笛，消防员们欢快地举起消防水枪向人群喷射。人们尖叫着四处躲闪，双手捂着耳朵。

我差点儿没听到杰克接下来说的话，"在自然保护区就能见到它们。"

"什么？""林鸽。我曾经只在万博海角看见过它们。"

有道理。那里是防御旧址，战后遗迹。杰克总是对这些被废弃的人迹罕至的地方着迷。万博海角真是御敌的绝佳场所，要是回到二战时期，凭着这个地形，哪怕只有一杆从珍珠港沉船里打捞出的机

枪，也能保护奥马鲁城不被敌军占领。

我想，正因为有这样的天然屏障，城里的居民才觉得特别有安全感吧。保护区里有大片的松树林，还有昔日建筑物的断壁残垣。虽然曾经有过辉煌的历史，可现在已经废弃不用，少有人来，倒是个绝佳的藏身之处，供小动物呀、小孩子呀，还有……

"艾玛！她就藏在保护区！她一定在那儿！"我突然激动地叫道，使劲儿拽着杰克的手臂。"快，咱们走！"

杰克站在原地，脑袋里想了想，摇了摇头。"不，警方肯定去那儿找过了。"他转过身观看游行。

"杰克，我们必须去看看！"我拉着他的T恤衫，想让他跟我一起走。我拉着他朝自行车走了几步，然后打开了锁车的链条。之前为了安全，我们把自行车锁在了雨篷支架上。

"你们这是要去哪儿啊？"一个略带威胁的声音问，是安卓娅。

"我想我知道艾玛在哪里！"我回答她，"就在万博海角上。"

"她怎么会在哪儿呢？"她说，双手抱在胸前，挡住了我们。

"我——我也不知道，就是觉得……嗯……她还能到哪儿去呢？快走吧！"

"不，我要看游行，纸板儿。一年才这么一次，我还要等圣诞老人出场呢。"

"噢，随你便吧！咱们走，杰克。"

安卓娅抓住了杰克的手臂。"留下来看花车吧，杰克。我想警方会找到线索的。"

杰克犹豫着，"也许我们该去找找看。"他说。

虽然我不敢确定，不过我总觉得安卓娅肯定使劲儿捏了他一把，因为他痛得尖叫了一声。她今

天又穿了条裙子，还有一件可爱的上衣，可她看起来还是很凶的样子，就像穿着芭比娃娃衣服的女斗士。"去了又有什么用？"她问，"我们只会碍事儿罢了。"

杰克看起来很无助，不知道该听谁的，一时下不了决定。消防车又发出了鸣笛声。参加游行的女孩排成整齐的队伍大步走过，向人群敬礼，微笑。杰克像一只受困的负鼠，不知道该往哪边走。他正要开口说话，有人在我们身后清了清嗓子。我们三人转过身来。丽莎·达利正手拿笔记本，在上面潦草地写着什么。

"杰克，你能告诉我为什么托马斯会认为艾玛想要甩掉你吗？可——这是他亲口告诉我的——"丽莎翻找着她的记录。"'杰克非常生气，想要报复'。"

"什么——？"杰克的眼睛睁得老大。

"据托马斯说，有人指使他把芭蕾服扔掉，这样艾玛就没法演出了。"

"谁指使他的？"杰克问。

"显然，是你通过中间人传话给他的，不过他不能说这个中间人是谁。"丽莎说，用钢笔轻轻敲着牙齿。

"我从来没有——"杰克气急败坏地说，"这太蠢了！"

"他说艾玛因为演出服不见了，非常难过，所以就跑掉了。"丽莎接着说。

"哼，他这个骗子。事情根本不是那么回事儿。艾玛没跟我分手，全是他编出来的！"

"咱们去喝杯水果奶昔，好好聊聊这究竟是怎么回事儿。"丽莎趁热打铁地说。她微微偏了偏头，微笑地看着他，"你知道，我相信你。"

他们朝咖啡馆走去。这时，我发现安卓娅不见了。虽然平时托马斯·哈里森在学校优秀得让我羡慕，可现在我一点儿也不想成为他。

我要荣耀

　　我扶着自行车挤出人群。现在只有一个人知道事情的真相，那就是艾玛·哈里森她自己。她没失踪时已经够引人注目的了，没想到失踪后更加备受关注。如果当初她离家出走的时候，没考虑过这么做会给别人带来什么麻烦，那她现在就该站出来，把事实真相告诉大家。要是没人陪我去保护区找她，那我就自己去！

　　到保护区的路很陡，我骑到那儿时，累得都快断气了。我把车锁在指示牌的杆子上。

　　万博海角自然保护区
　　严禁烟火。请随手捡走宠物粪便。
　　务必管好您的爱犬。

　　指示牌上画着一些可爱的图片，圆圈里蹲着狗狗，红色的粗大的斜线画过圆圈。我很庆幸没带狗来，尤其是那种大丹犬。一想到要帮它捡起狗屎，还得拿回家去，我可真受不了。你可能得准备一辆独轮推车才装得下那么多狗屎。我不知道警犬之前是不是来过这里了。

保护区的大门锁上了。我从上面翻了过去。地上落满了松针，脚下好像踩着厚厚的红棕色的地毯。松树排列得非常对称，不管往哪个方向看，都排列成一条直线。你要是想通过记住长在奇怪位置的绿色植物来作路标的话可就惨了，因为这里没有一棵松树位置特别，都排得整整齐齐。娜塔莎一定会喜欢这里的。我艰难地继续往前走，踩着松针就跟踩在了梳子上，脚下发出嘎吱嘎吱的声音。

"艾玛！"我大声喊道，可是没有回音，只听到远处喜鹊的叫声。嘎吱，嘎吱，嘎吱。我沿着小路继续走。我可不想走到林区去：那里阴森森的，让人毛骨悚然。

艾玛到底去哪儿了？要是她藏身的地方很容易看见，大家早就找到她了。会不会她走时带了背

包，装好了食物和衣服，独自去露营了？她也许故意不想让大家找到她。艾玛曾经当过女童子军，对结绳、生火之类的事很有经验。在南岛，一月份之前还得穿冬衣，不过凭艾玛的经验，在户外撑上几天还是没问题的。

她会没事的，我心里想。说不定这个时候她正不知在哪儿烧烤着刺猬准备充饥呢！要不正一边吃着从家里带出来的牛奶什锦饼干，喝着功能饮料，烤着她的培根呢。这次冒险对她来说一定很刺激，等她回到家，她一定会得意地和父母分享这次经历。当然，他们会原谅她之前让这么多人担心。她知道大家都为她担心，一定会很高兴，尤其是听到杰克这么关心她。然后，哈里森一家又会回到他们有钱人的优越生活，仿佛什么都没有发生过。当她年老时，她的孙子们会围在她身边，央求奶奶跟他们讲她当年离家出走的事。那时，她就会眯着双眼（她的眼部应该不会有太多皱纹，因为她有足够的

钱做足够多的整容手术）对他们讲述……

咕咚！什么东西？我朝四周看了看。有个东西爬到我脖子上，让我想起了比利·维金森的宠物鼠，好像比那个更糟。一股恐惧直冲头顶。不，我对自己说，很可能是一颗松果掉下来了。

"艾玛！"我继续大声喊。

"艾玛——艾玛——玛——玛——啊……"回声传得老远。

我很仔细地听着，耳膜都快跑出来了，生怕错过了另一个女孩的回喊声。可是我什么也没听到。

咕咕，咕咕！有个东西朝我头顶飞下来，拍打着我周围的空气。我尖叫一声。一只肥大的林鸽重重地扑打着翅膀，飞到另一根树枝上。它停在上面，睁着一双深红的眼睛往下看着我。

"好吧，我知道你是林鸽，你不是飞到城里来的鸽子。"我对它说话时还笑出了声。真不知道是松了口气，还是更害怕了。这里只有我一个人，我真的非常害怕。我就是喊了也没人能听得到。

咕咚！又是一个松果。这是要下松果雨了吗？几天之后，人们会不会发现我被压在一大堆松果下面，活像圣诞节时餐桌上的装饰树？

咕咚！这一颗掉在了地上，滚到了我脚边。我把它捡起来。它不算很大，但已经干掉了，而且全裂开了——不像刚从树枝上掉下来的。我正要把它扔到一边，突然发现了一个东西。松果里夹着一小点纸巾，就夹在干掉的木质层中间。我把它取了出来。什么时候松树上开始造纸了？我四下里看了看，想找找我站在这里时掉下来的其他的松果。我又捡了两颗，里面都夹着相似的纸巾。要不就是有人想通过这个给我报信，要不就是谁在做一场失败的手工实验。

"艾玛！"我又喊了起来，想要透过回音听听有没有人回答。我全神贯注地仔细听着，希望回音能停止，不要干扰到我听艾玛的回答。我忽然听见

我要荣耀

了——一个微弱的叫声，好像是从废弃的高射炮台那边传来的。我跑到它跟前，绕着它到处看了看。除了一些标记和一个空的可乐罐，什么也没有。

"艾玛，你在哪儿？别再玩儿了！"我大声喊着。"现在不是玩捉迷藏的时候！"我还真希望她只是在跟大家开玩笑。还是没有她的踪迹。我不知道还应该去哪里找，这里除了炮台遗迹和一些断壁残垣，就没什么东西了。我回到刚才松果掉下来时我站立的地方。

"想想啊，弗洛伦斯，快想想！"我催着自己。如果松果是从这边掉下来的，那它应该是从……我转过身，仔细观察着身后的地面。

那里是一个拆掉了的楼房的基座，还有一些壁炉的碎片。很容易看到有没有人在那儿，因为那里空空荡荡的。我走上前去，站了一会儿，又听到了那个微弱的叫声。我沿着基座边走边看，来到了之前放置壁炉的地方。在烟囱的废墟旁边，有一级台阶，我朝下面看去，看到了第二级，第三级……一直伸到地下堡垒里。

我趴在台阶边缘，朝里看了看。就在那儿，台阶的最下面，在一堆腐烂的树叶和枯干的松果中间，躺着一个女孩。她圆睁着双眼，一条腿蜷缩着，看起来吓坏了。她虚弱地抬起一只手臂，扔掉了手中的东西。当纸巾飘落在地面时，她微微叹了口气，闭上了眼睛。

第 12 章

　　我立刻跳进了地堡里。它不是很深，但隐蔽得非常好。你从地面看不到它，只有走到跟前，往下看才能发现它。艾玛的腿一定摔坏了——正常的腿不会像那样蜷缩着。我在电视的急救节目上看过，如果有人受伤，或叫得很厉害，你不能擅自挪动他们，因为这样可能使他们更痛。我可不想把她弄疼了，因为我已经伤害她够多的了——以我自己的方式。可我该怎么做呢？我不想把她丢在这里，自己出去叫人帮忙。她躺在那儿，看上去虚弱极了，她的金色头发中夹杂着几片枯黄的树叶，她脸色苍白，没有一点血色。

　　她好像没有带着包出来。看上去可不像是开展露营行动到乡间去待上几天的样子。我要是有手机就好了。学校里人人都有手机，可老妈不给我买。她总说现在没必要买这种不实用的东西，等我十五岁了才会给我买。我认识的孩子里，就我没手机。

对了！就我没有手机！艾玛是有手机的！我看到过她的手机，她拿它跟杰克没完没了地发短信。据我所知，女孩们一旦有了手机，就再也离不开它了。

"抱歉，艾玛，我得找到你的手机。"我用手拍拍她单薄的外套。在那里没有摸到手机样的东西。那就只有牛仔裤了。前面的口袋紧紧贴在她的髋部，除非手机跟信用卡一样薄，否则不可能塞在里面还不被发现。所以只剩下后面的裤兜了。我小心地伸了一只手到她身下，她昏昏沉沉地呻吟了一声。我尽量不碰到她的腿。我伸出另一只手搂住她的腰，轻轻将她往上抱起来一点点。我的手指划过一个像手机一样形状的东西，不会错的，就在她后面的裤兜里。我像是做外科手术一样，极其小心地

一点一点将它取了出来，拿在了手里。艾玛呻吟了
一声，一滴泪从眼角浸出，滑过了她满是尘土的脸
颊。

我尽可能轻柔地把手抽了出来，甩了甩手臂，
看着手机。手机快没电了，电量显示只剩下了一
格。要是我拨了电话，可能就彻底没电了，还是发
短信安全些。要发给警察局吗？我可不这么认为。
还是发给某个人，让他去通知警察。我翻看手机，
想找到她父母的号码。可艾玛的通信录上不是昵称
就是首字母缩写，我简直分不清谁是谁。好像不应
该看她的短信内容——这毕竟是她的隐私——除非
实在没有别的办法。

还好，我记得娜塔莎的手机号码，于是我发了
一条短信给她：艾玛在万博海角，急需救援，请速
来。不过，我对童女玛利亚和她的驴驹此时可能看
到短信并不抱太大希望。游行还在进行，娜塔莎应
该正专心致志地扮演着神态安详、即将诞下耶稣的

圣母吧。

那还能发给谁？杰克的手机还放在警察局的塑料袋里，说不定还锁在保险柜里，不过我怀疑警察根本就没看那些短信！现在大家都在看游行，谁会注意手机里有没有收到短信？这时，我想起短裤口袋里的小纸片，当时我从那个人的名片上抄下了他的电话号码。我按下了"发送"键。

"别担心，艾玛！"我说，"你爸爸马上就来。"

我手上的电话响了，和弦铃声打破了松林里的沉寂。铃声是碧昂斯的歌，屏幕上的光照亮了黑漆漆的地堡。我立刻接了电话。

那边传来一个不熟悉的声音，伴随着嘈杂的人声。

"你是谁？那个女孩儿在哪儿？"

"你是谁啊？"我反问道。

"杰夫——"他回答。

"什么？"我说……电话彻底没电了。

我坐在地堡里，陪着艾玛，握着她的手。她的手越来越冷，我也不知道该怎么办。时间一分一秒地过去，要是我不做点儿什么，她的情况会变得更糟。真希望此时有架直升机，以最快的速度把她送到医院的加护病房里。只可惜外面什么也没有。我从口袋里摸出一枚硬币：正面，我就去找人；反面，我就留下来。

我抛起了硬币……一眨眼它掉进了地上的树叶堆里，不见了。

"弗洛伦斯·布莱特，如果换做你爸爸，他会怎么做？"我大声问自己。他和老妈分手之前，我什么事都找老爸商量。哪怕做出的决定并不正确，他却从来不说模棱两可的话。"要做就做，千万别犹豫。"每当我们不能决定到底吃哪种口味的冰淇淋，该穿哪双鞋子或在学校参加哪项体育活动的时候，他总是这么对我们说。他最受不了犹犹豫豫、优柔寡断的人。也许正是他这样，当他发现自己和我老妈无法再让彼此幸福的时候，断然选择了离开。老爸一直坚持认为每个人应该自己做决定。

"好吧，老爸，"我望着天空说，"我去找人帮忙。"话一出口，我觉得全身都有了力量，也没那么惊慌了。"艾玛，我很快就回来，在这儿等着我。"我对这个受了伤的洋娃娃般的女孩说道，轻轻拍了拍她的肩。我拍得非常轻。我迅速朝四下里看看，弯下身去吻了吻她的前额——非常非常轻地吻了一下。"对不起，艾玛，"我小声地说。她好像在做梦，身体微微颤了颤。她看起来就像童话里的睡美人，好像被困在了噩梦里，受了伤，掉在为战争而修建的堡垒中，无人搭救。

我飞快地跑出了地堡，返回来时的那条小路，朝着保护区的大门狂奔。我的脚踢到一截树根，被绊倒了。我一路飞奔，甩开了手臂，脚下踩着厚厚的松针。我的膝盖和手肘飞快地扫过松枝，仿佛每

一根松针都在扎着我，划着我。

"噢，见鬼。"我说，继续往前跑，一边摸摸被松针擦刮的伤痕。没时间哭着喊痛，我得赶快拿到自行车。我沿着小路飞跑，膝盖颤抖着，一路跑下陡坡，在保护区的大门前猛地停了下来。

"噢，讨厌，在哪儿？"我喃喃自语，摸了摸口袋。我翻出所有口袋，前后拍着短裤裤腿，却发现车钥匙不见了。

"不，不！"我急得直喊，使劲儿扯着自行车锁链，把锁弄得咔咔响，还一个劲儿骂自己笨，当初干吗不给自行车上个密码锁，非得弄把带钥匙的车锁啊。自行车牢牢地锁在指示牌的杆子上，根本没办法弄开。情急之下，我扯下了短裤，把它翻了个底儿朝外，用力抖了抖，希望钥匙能掉出来。我的眼泪顺着脸颊滚了下来。没有自行车，什么时候才能走回城里？恐怕到时艾玛早死了！

嘚儿，嘚儿，嘚儿，路的那头传来重重的马

蹄声。我穿着内裤，站在那儿，目不转睛地盯着远处，一边哭，一边拿短裤抹眼泪。

天啦！一匹小马正朝着我飞奔而来！马背上正是玛利亚，耶稣的母亲，她头上的蓝色桌布正迎风飞扬。是娜塔莎来了！

马儿越跑越近，她对我喊了些什么，可我没听见，因为鲍勃的马蹄声太响了。我傻乎乎地对她笑，冲她挥挥手；她也对我挥了挥手，可表情看上去很严肃，还一个劲儿冲我喊。我将一只手搭在耳朵上，告诉她我听不见她在说什么。一时间，她离我越来越近，还加快了速度。她不打算停下来吗？大门就在她面前了——她非得跑到跟前才勒住缰绳来个急刹车吗？

终于，当她离我只有十来米远的时候，我听清了她在喊什么。

"快让开！我要跳过去！"我顺势倒在地上，看着鲍勃迈着四条腿，从我身上跨过去，一跃跳过

了大门，马尾高高扬起。他们在大门里面落了地，又朝前跑了几米，娜塔莎一拉缰绳，让它掉过头，朝我走来。马儿小跑着来到我跟前，娜塔莎温柔地拍拍它的背，"干得漂亮，好孩子，真棒！"

"哦，娜塔莎，太壮观了！"我充满了敬佩。这么勇敢的壮举，我恐怕永远也做不到。

"你也很'壮观'嘛。"她冲我的"盛装"点了点头。

我脸"唰"的一下就红了，马上套上了短裤。娜塔莎俯下身来，把我拉到了马背上。我试图抗议，我又不喜欢骑马，可她压根没理我。

"她在哪儿？"娜塔莎问。

"在一个地下堡垒里，就在那上面，"我回答，手指着山顶。娜塔莎用腿夹了夹马儿，它小跑了起来，我坐在上面吓得要命。

我们没办法把艾玛抬出来，扶到马背上；她伤得太重了。于是娜塔莎掏出手机，给急救中心打了电话。她冷静地告诉他们保护区的大门锁了，所以他们得带上螺栓割刀，还得开辆四轮驱动的救护车来，要不就派两个强壮的医务人员带着担架过来。

然后，她又给她妈妈拨了个电话，让她通知警察和艾玛的父母，还告诉她我们俩都很好，不用担心。接着，我这个聪明的好朋友摸了摸艾玛的脉搏，从衣服下扯出抱枕，轻轻垫在艾玛的头下，让她躺得舒服一点，然后用头上的蓝色桌布盖在她身上给她保暖，又给了我两块方糖让我吃下去压压惊。

"你怎么还揣着这个？"我问。真没想到，这个连算术都学不好的女孩，竟然这么足智多谋。

"当然是拿来喂鲍勃的。"她说，放了一块儿方糖在手上，伸到小马面前。小马翻着两片大嘴，悠然自得地嚼着。她满是怜爱地拍了拍它的鼻子。它发出一声嘶叫，又用鼻子去挨她，好像在分享什么秘密。

　　当急救队赶到时，娜塔莎告诉了他们很多关于艾玛的情况。我却一点儿也不知道。她告诉他们艾玛的心率是多少，说她患有糖尿病，还说了她的星座。医务人员说最后一个信息无关紧要。不过娜塔莎却对他们说："知道吗？对于巨蟹座的人来说，安全感非常重要，所以你们最好把担架的带子系紧一些。"

　　医务人员又看了看我的擦伤，说只是皮外伤，没有大碍。然后给我涂了些抗菌药，让我也坐进救护车里。我看了看车内，干干净净的，最重要的是还很安全，我又转身看了看娜塔莎。

　　"要是你没意见的话，娜塔莎，我能和你一起骑着鲍勃回去吗？"

　　我最好的朋友灿烂地笑了。

第 13 章

我们就这么回到了城里。救护车慢慢地在前面开道，娜塔莎和我挤在她的小马的背上，紧跟在后面——我们全部跟在骑在摩托车上的圣诞老人后面，走在游行队伍的最后面。

小城里消息总是传得很快。所以当我们拐弯转入泰晤士大街时，大家都知道艾玛被找到了，雷利议员还通过扩音器向整条大街广播了这个消息。人们向我们吹哨，欢呼，不明就里的圣诞老人还以为人们在向他致敬呢。他身后的救护车按了一下喇叭，他惊得险些从摩托车上摔了下来。大家为救护车让出一条道，它飞快地朝医院开去，剩下我，娜塔莎和鲍勃继续在街上走着，享受着大家的掌声和欢呼声。

"真是好样的，姑娘们！"他们热切地大声喊着。我们在主街的中间骑着马儿一路往前走，从人群中经过时，大家都凑上前来拍了拍鲍勃。我不停地忙着微笑、挥手，差点儿没看到那个人。

"弗洛！"我听到一个熟悉的声音。"弗洛乖乖——这边！"

我在人群中四处张望，忽然看到一张脸。"老爸！"我大叫着，从鲍勃背上翻身下来，朝他跑去，一头扑进他怀里。他弯下腰来吻我脑袋时，我感觉到他的胡茬儿在我头皮上摩挲。

"告诉我，布莱特小姐，你过得好吗？"他微笑着问，声音有些哽咽。

一听这话，我放声大哭起来；膝盖上的伤和肋骨上的痛让我大声抽泣起来。我任凭眼泪从脸上滚落，淌到了他的棉T恤上。鼻涕也流了出来，沾在他的衣服上，在他胸前印出个脸一样的形状。

"哦，老爸，我真——真——真失败极了！"

我哭着说。

他拍拍我的后背，我小时候他常这么拍我。

"嘘，你做得很好，弗洛伦斯。你找到了你的同学，非常了不起！"他把我拉到面前，弯下腰，望着我的眼睛。"你知道我有多为你骄傲吗？"他说。

我激动地张开嘴，又哭了出来。我哭了很久，终于收住了眼泪，红着一双眼睛，耳朵里嗡嗡直响，脑袋里像塞满了棉絮。我抬起头，看着爸爸，用颤抖的声音说："要不是因为我，艾玛根本就不会走丢。"

回到家里，老妈让我去冲个澡，我膝盖上和手肘上满是沙土。她今天请了假，准备在我洗澡的时候给全家做回点心。

站在热水里，我感觉头脑清醒了一点。看着泥土从膝盖上冲下来，流过脚背，流向地面漏水孔。我不知该如何跟家里人讲述发生的一切。渐渐地，

洗澡水变凉了，是勇敢面对的时候了。我穿上了休闲裤，套了件T恤，慢慢走下楼去。老爸正坐在沙发上跟老妈说着什么，杰克半趴在椅子扶手上，拿着警察刚还给他的手机发短信。我一步一步挪进起居室，紧张地站在那儿。

"快来，宝贝儿，过来挨着我坐。"老爸对我说，拍拍他身旁的位置。

我走了过去，坐在沙发上，双手紧扣，放在身前，不知道该说些什么。我脑子里闪过各种合适的开场白，可最后一个也没用上，所以最后我开口一股脑道出了实情。

"就是那只扇尾鸽……我把它放了出来，差点害死了艾玛，可最后娜塔莎还是只能扮演拱门。我以为我在做正确的事，没想到事情全弄砸了，后来……再后来……这全是我的错！"

好了。全说出来了。我等着大家对我说，"你怎么能这样！""你真是太让我们失望了！"可我没有听到任何责备。我抬起头来，老妈正在微笑，老爸也是。杰克还在埋头玩手机，不过就连他也微微露出牙齿，嘴角扬起一抹弧线。

老妈先开了口。"艾玛并不是因为你——或某只鸟的缘故受伤的。她有糖尿病，因为没有吃东西，所以晕在了地堡里，这才迷了路，这个叫低血糖症。"

"是……可要不是因为我，她就不会离家出走。"我哭着说。

"不，"杰克说，"演出服不见的时候，她跟她妈妈吵了一架，然后跑到了保护区去冷静冷静。"

"可我当时真的不想让她跳主角……所以从某种意义上说，是我把坏运气带给她的。"我固执地说。

"不，弗洛，"老妈说，"记者说是艾玛的表弟扔掉了她的芭蕾短裙——是他，还有那个叫维金

森的男孩。"

"可他们这么做也是因为……"

"……安卓娅并没有要挟托马斯。"杰克打断了我，抬起头来。

"呃？你，你说什么？她为什么要那么做？她想干什么？"我知道安卓娅有很多托马斯的把柄，可她想干什么？她有什么动机要去搅乱艾玛·哈里森的生活？就我所知，她跟艾玛无冤无仇。

"我想她是想帮你完成你的计划，"老妈说，"她很喜欢你，你知道的——也很喜欢娜塔莎。那孩子心地很好。"

对此，我保持高度怀疑的态度，不过老妈爱怎么想就怎么想吧。我回想着安卓娅最近几次来我家的场景，每次她都要露出膝盖，还拍了我哥哥的手。我可不觉得她天性善良，有同情心。我在想：也许她想除掉艾玛是别有居心。

"你不会有事儿的，宝贝儿！"老妈安慰着

我，"不过你以后做事要考虑周全。"

他们三人都笑了。老爸清了清嗓子，说："我今天是悄悄来这儿的，女儿。我本来想给你一个惊喜，结果没想到你的一场恶作剧倒给了我一个意外！我很抱歉没能赶来参加你们学校的颁奖典礼，所以想给你补上奖励。"

"你没来也没关系的，老爸，真的。"我说。经历了过去二十四小时所发生的一切，我觉得颁奖典礼好像是几个月以前的事了。

"不，弗洛，该奖励就要奖励。你妈妈跟我说你在电脑方面很厉害，我们都很高兴。所以我有东西要给你，算是奖励，这是你该得的。"

老爸将手伸进外套里，拿出了一个包装好的盒子。我的天啦，不会是一部手机吧？我真希望就是！他们都望着我。我拆开了包装，打开了盒盖。里面还有一个盒子，我不满地抱怨着，大家都笑了。我把那个盒子的包装纸也撕掉，露出一个看起

来有些眼熟的盒盖。这不是手机。盒子里的东西上夹着一张纸条，上面写着：最好的礼物送给世界上最好的人。

我取出项链，拿起来，看着老爸，觉得太不可思议了。我盯着他们三人，他们却坐在简陋的起居室里一起对我咧着嘴笑。我手里的首饰闪闪发光。我再也忍不住了。

"可这条项链是老妈的男朋友送她的！我不想要！"我大喊着冲进了厨房，把门重重地甩上，又大哭了起来。鲍里斯正在吃肉冻，它抬头瞄了我一眼，看着情况不对，一溜烟从猫洞跑了出去。这个鲍里斯，它才不会当我的出气筒呢。

老妈第一个大步走了进来，老爸和杰克也跟在后面。"弗洛伦斯·布莱特——我想我已经说得很清楚了，哈里森先生不是我的男朋友。"她斩钉截铁地说。

"什么——老瑞奇·哈里森？"老爸笑了起

来，"我多少年前就把你妈从他手里抢过来了！我听说他都秃顶了，肯定是当年被气坏了，呃？"

"哦，闭嘴，格雷汉姆，"老妈又对我说，"那条项链是你爸爸托我买的。他想送你一件特别的礼物，还把纸条拿给我，让我买好你喜欢的东西后就跟它放在一块儿。我当时想你应该会喜欢一件漂亮的首饰，所以……"

老爸总是给我发电子邮件，好久没看过他亲笔写的东西了，我都忘了他的字写成什么样了！怪不得我会误会呢。

"嗯——，如果哈里森先生不是你的男朋友，你把自己打扮得漂漂亮亮是为了见谁呢？"

大家都看着老妈，等待答案揭晓。她的脸一下子红了。

"快说，维芙，"老爸催道，"快告诉我们。"

"我来给你们点儿线索，"杰克从冰箱门后面

探出脑袋来，他又在吃草莓酸奶。"他有个咨询电话。"

"呃？"我还是没反应过来。

"他很帅哦。"杰克又说。

"你妈就喜欢帅的。"老爸很得意。

"宝贝，让我点燃……"杰克干脆唱了起来。

"难道老妈在跟肖恩·奥利弗约会？"我说。一想到他在跟杰克的朋友约会，可把我吓坏了。

"哦，拜托，这也太离谱了！"老妈插了一句。"好吧，那个……其实我在跟杰夫·伊斯特曼约会，就是杰克的防火安全课老师。"

我们都盯着她。她整个脖子都红了。她低下头，看着涂得漂漂亮亮的脚指甲。

"跟他约会不会违法吧？"我说。

"你以为老妈干吗总给他打电话？"杰克说，"烟花节过后，我可再也没点燃过任何东西了……"

两天之后，就在圣诞节前，市政大厅举行了一次特别的聚会。大家都受到了邀请。事实上，雷利议员坚持邀请所有人到场。我和娜塔莎还是荣誉嘉宾。

"因为她们的睿智和勇敢，今天，奥马鲁地方议会要在此公开表扬两位特别的女孩，"他当着好几百人大声宣布，"娜塔莎·格林伍德和弗洛伦斯·布莱特，请上台！"

大厅里响起热烈的掌声，我和娜塔莎走过通道，站到了台上。雷利先生递给我们加了边框的荣誉证书，热情地跟我们握手。他太用力了，我觉得胳膊都快被扯下来了。我用力回握的时候，那条银闪闪的新项链在我胸前晃来晃去。

我们正要下台去，被雷利先生拦住了。"哦，现在，等一下。还没完呢。"他说。他朝哈里森先生点点头，他站了出来，转身面向聚会的群众。他清了清嗓子，说："大家都知道，我们非常非常为

我们的女儿艾玛骄傲，也为她尽力完成的一切而骄傲，虽然她患有糖尿病。"

我觉得自己很坏。在开始实施"大计"时，我根本不知道原来她并不完美。我看了看自己的膝盖，为救艾玛而留下的伤口正在结痂。

"我们很幸运，有能力为艾玛提供一切机会，当然是我们认为的机会。"他看着他太太，她不安地扭了扭身子，"有时候，我们却忘了问她到底想要什么。也是通过这次的事，我们意识到其实当第一名并不重要，尽力而为就很好了。"

他微笑地看着她女儿。"我说的对吗，艾玛？"接着又说，"有个女孩用她的行为告诉了我们如何做到这一点，她现在就在这儿，在我们面前。"我的脸红了。"她面对困境，克服了恐惧和沮丧，表现出极大的冷静和极出色的智慧。"我微笑着。说真的，我没他说的那么冷静啦。"这样的成熟在一个十二岁的孩子身上是非常难得的……"

我心里暗暗纠正：我都十三了！"……所以，她用实际行动，将我们为艾玛平安获救而做的祈祷变成了现实。在此，我想奖励她一件东西——据我所知，她一直都很渴望得到它——因此，我们……"

我继续微笑着，等着他说完，心里猜着奖励到底是什么。他离开座位，走向会场通道。这时，市政大厅外面一阵骚动，我听到咔嗒咔嗒的声音和嘚嘚的脚步声。突然，门开了。娜塔莎惊得深吸了一口气，大家都伸长了脖子，想看看究竟出了什么事。

"鲍勃！"娜塔莎大声喊道，双手捂在嘴上，不敢相信自己的眼睛。小马对它的钟爱者发出一声嘶叫，抖了抖鬃毛，鼻子里喘着粗气。哈里森先生从马术学校校长手中接过缰绳，牵着鲍勃走过通道。他走到台前，望着娜塔莎。

"谢谢你，好孩子，这是你该得的。"

娜塔莎哭啊，哭啊，她实在太激动了。我心里有点儿小情绪，不过也跟着大家一齐为她鼓掌，还给了她一个大大的拥抱。我的朋友终于拿到了属于她的奖励，而且，她得之无愧。

那我呢？我就什么奖也没有吗？

典礼结束后，雷利议员走到我跟前，又跟我握了握手。"做得好，小姑娘，你为我们社区做出了宝贵的贡献。"我勉强笑了笑，一点儿也不觉得有什么贡献。"我听说你在电脑和网络方面很有天赋，"我点了点头，他开心地继续说道，"嗯——我有个想法，"他说，"我再给你找个工作吧。"

尾 声

圣诞节之后，高中部新开了一个暑期学习班。

信息中心所有的电脑都被用来教授那些根本搞不懂上网是怎么回事的中老年人（比如弗洛伦斯的老妈）。学习班为期四周，每周二晚上六点上课，每次一小时。学习班的授课老师有酬劳，这样，弗洛伦斯就能在回家的路上买上几块粉红巧克力棒，还能把剩下来的钱存起来买一部崭新的手机了。这是她度过的最棒的一个夏天！

荣誉属于谁

周　静

　　"弗洛伦斯·布莱特，像我们这样的人是获不了奖的。"妈妈说。

　　弗洛伦斯对这句话嗤之以鼻。

　　她坚信自己能获得"信息技术奖"。她的电脑玩得很精，就连克拉克老师的社会课的统计图和卫生执勤表，都是她帮忙做的。

　　颁奖典礼那天，两百四十三个满身大汗的人，将学校礼堂塞得满满当当的。弗洛伦斯坐在凳子上，紧张得肚子咕隆咕隆叫。

257

她期待着自己带着奖章回家时那荣耀的一刻。

"信息技术奖的获奖者是……"校长的声音从麦克风里传出来，"艾玛·哈里森。"

这个名字犹如当头一棒，让她重重地砸在凳子上。

她忍不住逃离了礼堂。

克拉克老师找到了她。她说："你是知道的，你很优秀，但在信息技术方面，艾玛需要些鼓励。这一学年开始时，她真的很害怕学电脑。"

这是什么狗屁理由。

与此同时，一直在努力的娜塔莎——弗洛伦斯的好友——也与她一直期望的"社区奖"失之交臂。

她们一起抱怨奖项颁布得不公平。

艾玛是学校的明星。她捧走的奖杯之多，几乎把颁奖典礼变成了一场个人秀。她住在镇上最好的房子里，穿着最漂亮的衣服，有着优秀的学习成绩。

这样金光闪闪的一个人，居然还拿走了一个她并不是那么需要、也不具有资格的奖项！

弗洛伦斯愤怒了。

一个想法在她脑海里生根发芽。

她要将艾玛从那金光闪闪的宝座上拉下来。

计划第一步，弗洛伦斯让哥哥杰克去接近艾玛。同时，她开设了一个博客，将自己的计划在博客里描述出来。

计划一步步进行，虽然杰克和艾玛的关系好得出人意料，但并没有偏离太远。

可是，艾玛突然失踪了。

计划戛然而止，一切变得扑朔迷离……

当然，在故事的结尾，弗洛伦斯找到了艾玛，娜塔莎赶来救援，她们成了小城的英雄。

故事很精彩。

作者语调活泼，展示出了异国小城的学校里学生的生活状态。

可是，这本小说最打动我的，不是故事，不是艾玛和父母的关系，也不是弗洛伦斯和娜塔莎在最后展示出来的英雄气概，而是故事之外的东西——弗洛伦斯与娜塔莎所付出的努力。

弗洛伦斯努力学习与计算机有关的内容，主动帮老师处理相关的事务，在计算机方面懂得比男孩子还多——这让男孩们难以接受。

娜塔莎呢？

她帮助新生寻找教室，在工艺美术课上帮忙，扶老奶奶过马路，帮生病的刺猬过马路……她做过的好事有大大的一箩筐。

可是，她们都没有获奖。

她们失败了吗？

不。

试着想一想，如果你和弗洛伦斯与娜塔莎同在一个班级里，你愿意和她们成为朋友吗？

我愿意。

因为她们能干、善良、风趣，充满生命力。

弗洛伦斯与娜塔莎不想继续当学校里的透明

虫，想为某一荣誉而努力奋斗。当她们没有获得荣誉时，她们是不是一无所有，什么也没得到呢？

当然不是，她们在自己的努力中成为了现在的自己。

话有点绕。

但事实就是如此。

就说弗洛伦斯吧。弗洛伦斯努力了，她虽然没有获奖，但得到了老师的认同。你注意到克拉克老师的话了吗？

她说："你是知道的，你很优秀。"

是的，即使没有获得那个奖项，但弗洛伦斯已经得到了自己的荣誉——"优秀"。这个荣誉来自人们内心的评判，谁也拿不走。

看看小说的结尾，雷利议员说："做得好，小姑娘，我听说你在电脑和网络方面很有天赋，让我想想，我再给你找个工作吧……"

读到这里，你会心地微笑了吗？

有时候，我们的努力一时得不到回报，会让我们感到失望和沮丧。没有关系，克服这些负面的情绪，打起精神来，继续、继续，再继续——只要一直沿着好的方向不断努力，你就会成为你自己都想象不到的人。

　　我们努力是为了什么？

　　我们努力能获得什么？

　　是为了一张小小的奖状吗？

　　回想一下，你曾经期盼过的某个小荣誉，现在看来，还重要吗？

　　人生很长，不要纠结于一时的得失，放眼未来，努力、努力，再努力吧！

　　荣誉属于你。

　　荣誉属于每一个善良、正直、奋斗不息的人。

　　加油！

图书在版编目（CIP）数据

我要荣耀 /（新西兰）菲菲·科尔斯通著；张国琳，邓娟娟译 . —— 长沙：湖南少年儿童出版社，2019.11（2021.12 重印）

（全球儿童文学典藏书系·国际获奖作品系列）

ISBN 978-7-5562-4715-8

Ⅰ.①我… Ⅱ.①菲… ②张… ③邓… Ⅲ.①儿童小说—中篇小说—新西兰—现代 Ⅳ.① I612.84

中国版本图书馆 CIP 数据核字（2019）第 172827 号

WO YAO RONGYAO

我要荣耀

总 策 划：吴双英

责任编辑：畅 然 周亚丽　　　　**文字统筹**：朱美琳

插图绘制：雪 迪　　　　　　　　**装帧设计**：陈 筠

质量总监：阳 梅

出 版 人：刘星保

出版发行：湖南少年儿童出版社

地　　址：湖南省长沙市晚报大道 89 号　　　**邮　编**：410016

电　　话：0731-82196340 82196334（销售部）

　　　　　　0731-82196313（总编室）

传　　真：0731-82199308（销售部）

　　　　　　0731-82196330（综合管理部）

经　　销：新华书店

常年法律顾问：湖南崇民律师事务所 柳成柱律师

印　　刷：湖南立信彩印有限公司

开　　本：880 mm × 1230 mm 1/32

印　　张：8.75　　　　　　**书　号**：ISBN 978-7-5562-4715-8

版　　次：2019 年 11 月第 1 版　　**印　次**：2021 年 12 月第 3 次印刷

定　　价：32.00 元